詩卷之十七

朱熹集傳

生民之什三之二

厥初生民時維姜嫄音原叶魚倫反生民如何克禋音因克祀叶養里反以弗無子叶獎里反履帝武敏叶母鄙反歆攸介攸止載震載夙叶相即反載生載育叶日逼反時維后稷

賦也民人也謂周人也時是也姜嫄炎帝後姜姓有邰氏女名嫄為高辛之世妃精意以

享謂之禋祀祀郊禖也弗之言祓也祓無子求有子也古者立郊禖蓋祭天於郊而以先媒配也變媒言禖者神之也其禮以玄鳥至之日用大牢祀之天子親往后率九嬪御乃禮天子所御帶以弓韣授以弓矢于郊禖之前也履踐也帝上帝也武迹敏拇歆動也猶驚異也介大也震娠也夙肅也生子者及月辰居側室也育養也○姜嫄出祀郊禖見大人迹而履其拇遂歆歆然如有人道之感於是即其所大所止之處而震動有娠乃周人所由以生之始也周公制禮尊后稷以配天故作此詩以推本其始生之祥明其受命於天固有以異於常人也然巨跡之說先儒或頗疑之而張子曰天地之始固未嘗先有人也則人固有化而生者矣蓋天地之氣生之也蘇氏亦曰凡物之異於常物者其取天地

之氣常多。故其生也或異。麒麟之生異於犬羊。蛟龍之生異於魚鼈。物固有然者矣。神人之生而有以異於人。何足怪哉。斯言得之矣。

音釋 蜀音獨。摂莫后反。足大指。娠音身

○誕彌厥月。先生如達。他末反 不坼 勑宅反 不副。孚逼反叶孚迫反 無菑 音災 無害。叶音曷 以赫厥靈。上帝不寧。不康禋祀。叶養里反 居然生子。叶獎里反

賦也。誕發語辭。彌終也。終十月之期也。先生首生也。達小羊也。羊子易生無留難也。坼副皆裂也。赫顯也。不寧寧也。不康康也。居然猶徒然也。○凡人之生。必坼副災害其母。而首生之子尤難。今姜嫄首生后稷。如羊子之易。無坼副災害之苦。是顯其靈異也。上帝豈不寧乎。豈不康我之禋祀乎。而使我無人道而徒然生是子也

音釋 羊初生達 小名羔未成羊曰羍。大曰羊。易以豉反

○誕寘之隘 於懈反 巷。牛羊腓 符非反 字之。誕寘之平林。會伐平林。誕寘之寒冰。鳥覆 敷救反 翼 叶音異 之。鳥乃去矣。后稷呱 叶去聲 矣。實覃實訏 叶去聲 厥聲載路

賦也。隘狹。腓芘。字愛。會值也。值人伐木而收之。覆蓋。翼藉也。以一翼覆之。以一翼藉之也。呱啼聲也。覃長。訏大。載滿也。滿路言其聲之大也。○無人道而生子。或者以為不祥。故棄

之而有此異也於是始收而養之
【音釋】藉慈借反

○誕實匍音蒲匐蒲北反克岐克嶷魚極反以就
口食。蓺之荏而甚反菽，荏菽旆旆，禾役穟
穟音遂麻麥幪幪莫孔反瓜瓞唪唪布孔反
賦也。匍匐，手足並行也。岐嶷，峻茂之狀。就，向
也。口食，自能食也。蓋六七歲時也。蓺，樹也。荏
菽，大豆也。旆旆，枝旟揚起也。役，列也。穟穟，苗
美好之貌也。幪幪然茂密也。唪唪然多實也。
○言后稷能食時，已有種殖之志。蓋其天性
然也。史記曰：棄爲兒時，其遊戲好種殖麻麥。
麻麥美。及爲成人，遂好耕農，堯舉以爲農師。

○誕后稷之穡，有相息亮反之道。叶徒口反茀音弗
厥豐草，叶此苟反種去聲之黃茂。叶莫口反實方實苞，
叶補苟反實種上聲實褎，叶徐久反實發實秀，叶思久反實堅
實好，叶許口反實穎營井反實栗，即有邰他來反家室。
賦也。相，助也。言盡人力之助也。茀，治也。種，布
之也。黃茂，嘉穀也。方，房也。苞，甲而未拆也。此
漬其種也。種，甲拆而可爲種也。褎，漸長也。發，
盡發也。秀，始穟也。堅，其實堅也。好，形味好也。
穎，實繁碩而垂末也。栗，不秕也。既收成，見其
實皆栗栗然不秕也。邰，后稷之母家也。豈其
或滅或遷，而遂以其地封后稷與。○言后稷
之穡如此，故堯以其有功於民，封於邰，使即

其母家而居之。以主姜嫄之祀。故周人亦世祀姜嫄焉。

○誕降嘉種。維秬(音巨)維秠(孚鄙反)。維穈(音門)維芑(音起)。恒(古鄧反)之秬秠。是穫是畝(叶滿反)。恒之穈芑。是任(音壬)是負(叶扶委反)。以歸肇祀(叶養里反)。

賦也。降。降是種於民也。書曰。稷降播種是也。秬。黑黍也。秠。黑黍一稃二米者也。穈。亦粱粟也。芑。白粱粟也。恒。徧也。謂徧種之也。任。肩任也。負。背負也。既成則穫而棲之於畝。任負而歸以供祭祀也。秬秠言穫畝。穈芑言任負。互文耳。肇。始也。稷始受國為祭主。故曰肇祀

○誕我祀如何。或舂(傷容反)或揄(音由)。或簸(波我反)或蹂(音柔)。釋之叟叟(所留反)。烝之浮浮。載謀載惟。取蕭祭脂。取羝(都禮反)以軷(蒲末反。叶蒲昧反)。載燔載烈(如字。叶力制反)。以興嗣歲(叶音雪。又如字)。

賦也。我祀。承上章而言后稷之祀也。揄。抒臼也。簸。揚去糠也。蹂。亦取穀以繼之也。釋。淅米也。叟叟。聲也。浮浮。氣也。謀。卜日擇士也。惟。齊戒具脩也。蕭。蒿也。脂。膟膋也。宗廟之祭。取蕭合膟膋爇之。使臭達墻屋也。羝。牡羊也。軷。祭行道之神也。燔。傅諸火也。烈。貫之而加于火也。四者皆祭祀之事。所以興來歲而繼往歲也。

【音釋】膟。音律。膋。音遼。山行為軷。祀之者。封土為山象。以菩芻棘柏為神主。既祭。以車轢之而去。喻無險難也。菩。貝倍二音。菩芻

棘柏三者。但用一爲神主可也。傳音附

○卬五郎反盛音成于豆。于豆于登。其香始升。上帝居歆。下與今叶胡臭亶時。叶上止反后稷肇祀。叶養里反庶無罪悔。叶呼委反以迄許乙反于今。上與歆叶

賦也。卬。我也。木曰豆。以薦菹醢也。瓦曰登。以薦大羹也。居。安也。鬼神食氣曰歆。胡。何。臭。香。亶。誠也。時。言得其時也。庶。近。迄。至也。○此章言其尊祖配天之祭。其香始升。而上帝已安而饗之。言應之疾也。此何但芳臭之薦。信得其時哉。蓋自后稷之肇祀。則庶無罪悔而至于今矣。曾氏曰。自后稷肇祀以來。前後相承。兢兢業業。惟恐一有罪悔獲戾于天。閱數百年而此心不易。故曰庶無罪悔以迄于今。言周人世世用心如此也。

音釋 大羹。肉汁。大古之羹也。大。音泰。

生民八章。四章章十句。四章章八句

此詩未詳所用。豈郊祀之後。亦有受釐頒胙之禮也歟。舊說第三章八句。第四章十句。今按第三章當爲十句。第四章當爲八句。則去呱訏路音韻諧協。呱聲載路。文勢通貫。而此詩八章。皆以十句八句相間爲次。又二章以後。七章以前。每章章之首皆有誕字。

敦（徒端反）彼行葦。牛羊勿踐履。方苞方體。維葉泥泥（乃禮反）。戚戚兄弟（待禮反）。莫遠具爾。或肆之筵。或授之几。

興也。敦。聚貌。勾萌之時也。行。道也。勿。戒止之詞也。苞。甲而未坼也。體。成形也。泥泥。柔澤貌。戚戚。親也。莫。猶勿也。具。俱也。爾。與邇同。肆。陳也。○疑此祭畢而燕父兄耆老之詩。故言敦彼行葦而牛羊勿踐履。則方苞方體而葉泥泥矣。戚戚兄弟而莫遠具爾。則或肆之筵而或授之几矣。此方言其開燕設席之初。而慇懃篤厚之意。藹然已見於言語之外矣。讀者詳之。

○肆筵設席（叶祥勺反）。授几有緝御（叶魚駕反）。或獻或酢（才落反）。洗爵奠斝（古雅反叶居訏反）。醓（他感反）醢以薦（叶即畧反）。或燔或炙（叶陟畧反）。嘉殽脾（婢支反）臄（渠畧反）。或歌或咢（五洛反）。

賦也。設席。重席也。緝。續。御。侍也。有相續代而侍者。言不乏使也。進酒於客曰獻。客荅之曰酢。主人又洗爵醻客。客受而奠之不舉也。斝。爵也。夏曰醆。殷曰斝。周曰爵。醓。醢之多汁者也。燔。用肉。炙。用肝。臄。口上肉也。歌者比於琴瑟也。徒擊鼓曰咢。○言侍御獻醻飲食歌樂之盛也。

○敦（音雕下同）弓既堅（叶古因反），四鍭（音侯）既鈞，舍（音捨）矢既均，序賓以賢（叶下珍反）。敦弓既句（古侯反叶古侯反），既挾（子協反）四鍭，四鍭如樹（叶上主反），序賓以不侮。

賦也。敦，雕通，畫也。天子雕弓。堅，猶勁也。鍭，金鏃翦羽矢也。鈞，參亭也，謂參分之，一在前，二在後，三訂之而平者，前有鐵重也。舍，釋也，謂發矢也。均，皆中也。賢，射多中也。投壺曰：某賢於某若干純，奇則曰奇，均則曰左右均，是也。句，彀通，謂引滿也。射禮搢三挾一。既挾四鍭，則徧釋矣。如樹，如手就樹之，言貫革而堅止也。不侮，敬也。令弟子辭所謂無憮無敖，無偝立，無踰言者也。或曰：不以中病不中者也。射以中多為雋，以不侮為德。○言既燕而射以為樂也。

〔音釋〕參亭之參，七南反。參分之參，蘇甘反。中，陟仲反。純，音全。奇，紀宜反。禮記投壺之禮，賓主黨卒投，司射請數。二筭為純，一筭為奇。遂以奇筭告曰：某黨賢於某黨若干純。奇則曰奇，鈞則曰左右鈞。搢，音晉，插也。挾，謂手挾之。射用四矢，故插三於帶間，挾一以扣弦而射也。此謂鄉大夫若君，則使人屬矢，不親挾也。憮，好吳反。敖，五報反。偝，音佩。投壺令弟子辭曰：毋憮毋敖，毋偝立，毋踰言。鄭註：弟子，賓黨主黨年穉者，為其立堂下相褻慢，司射戒令之。憮敖，慢也。偝立，不正鄉前也。踰言，遠談語也。

○曾孫維主（如字或叶當口反），酒醴維醹（如主反或叶奴口反），酌

以大斗。叶腫庾反。或如字 以祈黃耇。叶果五反。或如字 黃耇台湯來反背。叶必墨反 以引以翼。壽考維祺。音其 以介景福。叶筆力反

賦也。曾孫。主祭者之稱。今祭畢而燕。故因而稱之也。醹。厚也。大斗。柄長三尺。祈。求也。黃。耇。老人之稱。以祈黃耇。猶曰以介眉壽云耳。古器物欵識云。用蘄萬壽。用蘄眉壽。永命多福。用蘄眉壽。萬年無疆。皆此類也。台。鮐也。大老。則背有鮐文。引。導。翼。輔。祺。吉也。○此頌禱之詞。欲其飲此酒而得老壽。又相引導輔翼。以享壽祺。介景福也。【音釋】識。音志 蘄。音祈

行葦四章章八句

毛七章。二章章六句。五章章四句。鄭八章章四句。毛首章以四句。興二句。不成文理。二章又不協韻。鄭首章有起興而無所興。皆誤。今正之如此。

既醉以酒。既飽以德。君子萬年。介爾景福。叶筆力反

賦也。德。恩惠也。君子。謂王也。爾。亦指王也。○此父兄所以答行葦之詩。言享其飲食恩意之厚。而願其受福如此也。

○既醉以酒。爾殽既將。君子萬年。介爾昭明。叶謨郎反

賦也。殽。俎實也。將。行也。亦奉持而進之意。昭明。猶光大也。

○昭明有融。高朗令終。令終有俶。叶尺六反公尸嘉告。叶姑沃反

賦也。融。明之盛也。春秋傳曰。明而未融。朗。虛明也。令終。善終也。洪範所謂考終命。古器物銘所謂令終令命是也。俶。始也。公尸。君尸也。周稱王而尸但曰公尸。蓋因其舊。如秦已稱皇帝。而其男女猶稱公子公主也。嘉告。以善言告之。謂嘏辭也。蓋欲善其終者必善其始。今固未終也。而既有其始矣。於是公尸以此告之。

○其告維何。籩豆靜嘉。叶居何反朋友攸攝。攝以威儀。叶牛何反

賦也。靜嘉。清潔而美也。朋友。指賓客助祭者。說見楚茨篇。攝。檢也。○公尸告以汝之祭祀籩豆之薦。既靜嘉矣。而朋友相攝佐者。又皆有威儀。當神意也。自此至終篇。皆述尸告之辭。

○威儀孔時。叶上止反君子有孝子。叶獎里反孝子不匱。求位反永錫爾類。

賦也。孝子。主人之嗣子也。儀禮。祭祀之終。有嗣舉奠。匱。竭。類。善也。○言汝之威儀既得其宜。又有孝子以舉奠。孝子之孝。誠而不竭。則宜永錫爾以善矣。東萊呂氏曰。君子既孝而

嗣子又孝。其孝可謂源源不竭矣【音釋】特牲嗣舉奠註。嗣。主人將爲後者。舉猶飲也。奠者。奠於鉶南。祭祀之終。有嗣舉奠。所以致其傳付祖考德澤之意深矣

○其類維何。室家之壼(苦本反叶苦俊反)。君子萬年。永錫祚(才故反)胤(羊刃反)

賦也。壼。宮中之巷也。言深遠而嚴肅也。祚。福祿也。胤。子孫也。錫之以善。莫大於此

○其胤維何。天被(皮寄反)爾祿。君子萬年。景命有僕

賦也。僕。附也。○言將使爾有子孫者。先當使爾被天祿而爲天命之所附屬。下章乃言子孫之事

○其僕維何。釐(力之反)爾女士。釐(鉏里反)爾女士。從以孫子(叶獎里反)

賦也。釐。予也。女士。女之有士行者。謂生淑媛使爲之妃也。從。隨也。謂又生賢子孫也

既醉八章章四句

鳧(音扶)鷖(於雞反)在涇。公尸來燕來寧。爾酒既清。爾殽既馨。公尸燕飲。福祿來成

興也。鳧。水鳥如鴨者。鷖。鷗也。涇。水名。爾。自歌工而指主人也。馨。香之遠聞也。○此祭之明

日繹而賓尸之樂。故言鳧鷖則在涇矣。公尸則來燕來寧矣。酒清殽馨。則公尸燕飲。而福禄來成矣。

○鳧鷖在沙。叶桑何反公尸來燕來宜。叶牛何反爾酒既多。爾殽既嘉。叶居何反公尸燕飲。福禄來爲。叶吾禾反

興也。爲。猶助也。

○鳧鷖在渚。公尸來燕來處。爾酒既湑。息汝反爾殽伊脯。公尸燕飲。福禄來下。叶後五反

興也。渚。水中高地也。湑。酒之泲者也。

○鳧鷖在潨。在公反公尸來燕來宗。既燕于宗。福禄攸降。叶乎攻反公尸燕飲。福禄來崇。

興也。潨。水會也。來宗之宗。尊也。于宗之宗。廟也。崇。積而高大也。

○鳧鷖在亹。音門公尸來止熏熏。叶眉貧反旨酒欣欣。燔炙芬芬。叶豐勻反公尸燕飲。無有

後艱（叶居銀反）

興也。亹，水流峽中兩岸如門也。熏熏，和說也。欣欣，樂也。芬芬，香也。

鳧鷖五章章六句

假（中庸春秋傳皆作嘉。今當作嘉）樂（音洛）君子。（叶音則）顯顯令德。宜民宜人。受祿于天。（叶鐵因反）保右（音又）命（叶彌并反）之。自天申之

賦也。嘉，美也。君子，指王也。民，庶民也。人，在位者也。申，重也。○言王之德既宜民人，而受天祿矣。而天之於王，猶反覆眷顧之不厭，既保之右之命之，而又申重之也。疑此即公尸之所以答鳧鷖者也。

○干祿百福（叶筆力反）。子孫千億。穆穆皇皇。宜君宜王。不愆不忘。率由舊章

賦也。穆穆，敬也。皇皇，美也。君，諸侯也。王，天子也。愆，過。率，循也。舊章，先王之禮樂政刑也。○言王者干祿而得百福，故其子孫之蕃，至于千億。適為天子，庶為諸侯，無不穆穆皇皇，以遵先王之法者。

○威儀抑抑。德音秩秩。無怨無惡（烏路反）。率由群匹。受福無疆。四方之綱

賦也。抑抑，密也。秩秩，有常也。匹，類也。言有威儀聲譽之美，又能無私怨惡以任衆賢，是以能受無疆之福，爲四方之綱。此與下章皆稱願其子孫之辭也。或曰：無怨無惡，不爲人所怨惡也。

○之綱之紀，燕及朋友。叶羽已反 百辟卿士，叶鉏里反 媚眉備反 于天子。叶獎里反 不解佳賣反 于位，民之攸塈。許旣反

賦也。燕，安也。朋友，亦謂諸臣也。解，惰。塈，息也。○言人君能綱紀四方，而臣下賴之以安，則百辟卿士媚而愛之，維欲其不解于位，而爲民所安息也。東萊呂氏曰：君燕其臣，臣媚其君，此上下交而爲泰之時也。泰之時，所憂者怠荒而已。此詩所以終於不解于位，民之攸塈也。方嘉之，又規之者，蓋臯陶賡歌之意也。民之勞逸在下，而樞機在上。上逸則下勞矣，上勞則下逸矣。不解于位，乃民之所由休息也。

假樂四章，章六句。

篤公劉，匪居匪康。迺埸音易 迺疆，迺積迺倉。迺裹音果 餱音侯 糧，音良 于槖他洛反 于囊。乃郎反 思輯音集 用光，弓矢斯張，干戈戚揚，爰方啓行。叶户郎反

賦也。篤，厚也。公劉，后稷之曾孫也。事見豳風。居，安。康，寧也。埸，疆。田畔也。積，露積也。餱，食。糧，糗也。無底曰橐，有底曰囊。輯，和。戚，斧。揚，鉞。方，始也。○舊說召康公以成王將涖政，當戒以民事，故詠公劉之事以告之。曰：厚哉公劉之於民也。其在西戎，不敢寧居，治其田疇，實其倉廩。既富且強，於是裹其餱糧，思以輯和其民人，而光顯其國家。然後以其弓矢斧鉞之備，爰始啓行而遷都於豳焉。蓋亦不出其封內也

○篤公劉，于胥斯原。既庶既繁，叶紛乾反既順迺宣，而無永嘆。他安反陟則在巘，魚輦反，叶魚軒反復降在原。何以舟叶之遥反之，維玉及瑤，音遥鞞必頂反琫必孔反容刀。叶徒招反

賦也。胥，相也。庶、繁，謂居之者衆也。順，安。宣，徧也。言居之徧也。無永嘆，得其所不思舊也。巘，山頂也。舟，帶也。鞞，刀鞘也。琫，刀上飾也。容刀，容飾之刀也。或曰：容刀，如言容臭，謂鞞琫之中容此刀耳。○言公劉至豳，欲相土以居，而帶此劒佩以上下於山原也。東萊呂氏曰：以如是之佩服，而親如是之勞苦。斯其所以爲厚於民也歟。【音釋】鞘，音宵。容臭，朱子語錄：如今之香囊

○篤公劉，逝彼百泉，瞻彼溥音普原。迺陟南岡，乃覯于京。叶居良反京師之野，叶上與反于

時處處，于時廬旅，于時言言，于時語語。

賦也。溥，大。觀，見也。京，高丘也。師，衆也。京師，高山而衆居也。董氏曰：所謂京師者，蓋起於此。其後世因以所都爲京師也。時，是也。處處，居室也。廬，寄也。旅，賓旅也。直言曰言，論難曰語。○此章言營度邑居也。自下觀之，則往百泉而望廣原；自上觀之，則陟南岡而覯于京。於是爲之居室，於是廬其賓旅，於是言其所言，於是語其所語，無不於斯焉。音釋 論、難並去聲。度，徒洛反。

○篤公劉，于京斯依。叶於豈反 蹌蹌七羊反濟濟。子禮反 俾筵俾几，既登乃依。同上 乃造七到反其曹。執豕于牢，酌之用匏。步交反 食音嗣之飲於鴆反之，君之宗之。就用之字爲韻

賦也。依，安也。蹌蹌濟濟，群臣有威儀貌。俾，使也。使人爲之設筵几也。登，登筵也。依，依几也。曹，群牧之處也。以豕爲殽，用匏爲爵，儉以質也。宗，尊也，主也。嫡子孫主祭祀，而族人尊之以爲主也。○此章言宮室既成而落之，既以飲食勞其群臣，而又爲之君，爲之宗焉。東萊呂氏曰：既饗燕而定經制，以整屬其民，上則皆統於君，下則各統於宗。蓋古者建國立宗，其事相須。楚執戎蠻子而致邑立宗，以誘其遺民，即其事也。音釋 屬音燭。大傳曰：別子

爲祖。繼別爲宗。繼禰爲小宗。宗也者。宗其所自出也。有百世不遷之宗。有五世則遷之宗。左。哀四年。楚襲蠻氏。蠻氏潰。蠻子赤奔晉。晉執蠻子與五大夫以畀楚師。司馬致邑立宗焉。以誘其遺民而盡俘以歸。註。楚復詐爲蠻子作邑立其宗主。

○篤公劉。既溥既長。既景廼岡。相息亮反其陰陽。觀其流泉。其軍三單。音丹。叶多涓反度待洛反其隰原。徹田爲糧。度同上其夕陽。豳居允荒。

賦也。溥。廣也。言其芟夷墾辟。土地既廣而且長也。景。考日景以正四方也。岡。登高以望也。

相。視也。陰陽。向背寒暖之宜也。流泉。水泉灌漑之利也。三單未詳。徹。通也。一井之田九百畝。八家皆私百畝。同養公田。耕則通力而作。收則計畝而分也。周之徹法自此始。其後周公蓋因而脩之耳。山西曰夕陽。允。信。荒。大也。○此言辨土宜以授所徙之民。定其軍賦。與其稅法。又度山西之田以廣之。而豳人之居於此益大矣。

○篤公劉。于豳斯館。叶古玩反涉渭爲亂。取厲取鍛。丁亂反止基廼理。爰衆爰有。叶羽已反夾其皇澗。遡其過古禾反澗。止旅廼密。芮鞫居六反之即。

賦也。館，客舍也。亂，舟之截流橫渡者也。厲，砥。鍛，鐵。止，居。基，定也。理，疆理也。衆，人多也。有，財足也。遡，鄉也。皇、過，二澗名。芮，水名，出吳山西北，東入涇。周禮職方作汭。鞫，水外也。○此章又總叙其始終，言其始來未定居之時，涉渭取材，而爲舟以來往，取厲取鍛，而成宮室。旣止基於此矣，乃疆理其田野，則日益繁庶富足，其居有夾澗者，有遡澗者，其止居之衆日以益密，乃復即芮鞫而居之，而幽地日以廣矣。

公劉六章章十句

泂音迥酌彼行潦音老，挹音揖彼注茲，可以餴甫云反饎。尺志反，叶昌里反豈弟君子，民之父母。叶滿彼反

興也。泂，遠也。行潦，流潦也。餴，烝米一熟而以水沃之，乃再烝也。饎，酒食也。君子，指王也。○以舊說以爲召康公戒成王，言遠酌彼行潦，挹之於彼而注之於此，尚可以餴饎，況豈弟之君子，豈不爲民之父母乎。傳曰：豈以強教之，弟以悅安之，民皆有父之尊，有母之親。又曰：民之所好好之，民之所惡惡之，此之謂民之父母。

○泂酌彼行潦，挹彼注茲，可以濯罍。音雷豈弟君子，民之攸歸。叶古回反

興也。濯，滌也。

○泂酌彼行潦，挹彼注茲，可以濯溉。

古愛反。叶古氣反豈弟君子。民之攸塈。許既反

興也。溉。亦滌也。塈。息也。

洞酌三章章五句

有卷音權者阿。與歌叶飄風自南。叶尼心反豈弟君子。來游來歌。與阿叶以矢其音

賦也。卷。曲也。阿。大陵也。豈弟君子。指王也。矢。陳也。○此詩舊說亦召康公作。疑公從成王游歌於卷阿之上。因王之歌而作此以爲戒。此章總叙以發端也。

○伴音判奐音喚爾游矣。優游爾休矣。豈

弟君子。俾爾彌爾性。似先公酋在由反矣

賦也。伴奐。閑暇之意。爾。君子。皆指王也。彌。終也。性。猶命也。酋。終也。○言爾既伴奐優游矣。又呼而告之。言使爾終其壽命。似先君善始而善終也。自此至第四章。皆極言壽考福祿之盛。以廣王心而歆動之。五章以後。乃告以所以致此之由也

○爾土宇昄符版反章。亦孔之厚叶狠口下主二反矣。

豈弟君子。俾爾彌爾性。百神爾主叶當口腫庚二反矣

賦也。昄章。大明也。或曰。昄當作版。版章。猶版圖也。○言爾土宇昄章既甚厚矣。又使爾終

其身常爲天地山川鬼神之主也

○爾受命長矣。茀（芳弗反）祿爾康矣。豈弟君子。俾爾彌爾性。純嘏爾常矣。

賦也。茀、嘏、皆福也。常、常享之也。

○有馮（符氷反）有翼。有孝有德。以引以翼。豈弟君子。四方爲則。

賦也。馮、謂可爲依者。翼、謂可爲輔者。孝、謂能事親者。德、謂得於己者。引、導其前也。翼、相其左右也。東萊呂氏曰。賢者之行非一端。必曰有孝有德。何也。蓋人主常與慈祥篤實之人處。其所以興起善端。涵養德性。鎮其躁而消其邪。日改月化。有不在言語之間者矣。○言得賢以自輔如此。則其德日脩而四方以爲則矣。自此章以下。乃言所以致上章福祿之由也。

○顒顒卬卬。如圭如璋。令聞（音問）令望。豈弟君子。四方爲綱（叶無方反）。

賦也。顒顒卬卬、尊嚴也。如圭如璋、純潔也。令聞、善譽也。令望、威儀可望法也。○承上章言得馮翼孝德之助。則能如此。而四方以爲綱矣。

○鳳凰于飛。翽翽（呼會反）其羽。亦集爰止。

藹藹王多吉士。（鉏里反）維君子使。媚于天子

興也。鳳凰。靈鳥也。雄曰鳳。雌曰凰。翽翽。羽聲也。鄭氏以爲因時鳳凰至。故以爲喻。理或然也。藹藹。衆多也。媚。順愛也。○鳳凰于飛。則翽翽其羽而集於其所止矣。藹藹王多吉士。則維王之所使。而皆媚于天子矣。旣曰君子又曰天子。猶曰王于出征。以佐天子云爾

○鳳凰于飛。翽翽其羽。亦傳（音附）于天。（叶鐵因反）藹藹王多吉人。維君子命。（叶彌并反）媚于庶人

興也。媚于庶人。順愛于民也

○鳳凰鳴矣。于彼高岡。梧桐生矣。于彼朝陽。菶菶（布孔反）萋萋。（七西反）雝雝喈喈。（叶居奚反）

比也。又以興下章之事也。山之東曰朝陽。鳳凰之性。非梧桐不棲。非竹實不食。菶菶萋萋。梧桐生之盛也。雝雝喈喈。鳳凰鳴之和也

○君子之車。旣庶且多。君子之馬。旣閑且馳。（叶唐何反）矢詩不多。維以遂歌

賦也。承上章之興也。菶菶萋萋。則雝雝喈喈矣。君子之車馬。則旣衆多而閑習矣。其意若

曰。是亦所以待天下之賢者。而不厭其多矣。遂歌。蓋繼王之聲而遂歌之。猶書所謂賡載歌也。

卷阿十章。六章章五句。四章章六句。

民亦勞止。汔許乙反可小康。惠此中國。以綏四方。無縱詭居毀反隨。以謹無良。式遏寇虐。憯七感反不畏明叶謨郎反。柔遠能邇。以定我王。

賦也。汔。幾也。中國。京師也。四方。諸夏也。京師。諸夏之根本也。詭隨。不顧是非而妄隨人也。謹。斂束之意。憯。曾也。明。天之明命也。柔。安也。能。順習也。○序說以此為召穆公刺厲王之詩。以今考之。乃同列相戒之詞耳。未必專為刺王而發。然其憂時感事之意亦可見矣。蘇氏曰。人未有無故而妄從人者。維無良之人。將悅其君而竊其權。以為寇虐。則為之。故無縱詭隨。則無良之人肅。而寇虐無畏之人止。然後柔遠能邇。而王室定矣。穆公名虎。康公之後。厲王名胡。成王七世孫也。【音釋】幾。音祈。近也。專為之為。去聲。

○民亦勞止。汔可小休。惠此中國。以為民逑。無縱詭隨。以謹惛怓女交反叶尼猶反。式

遏寇虐。無俾民憂。無棄爾勞。以爲王
休
賦也。逑、聚也。惛怓、猶讙譁也。勞、猶功也。言無棄爾之前功也。休、美也
○民亦勞止。汔可小息。惠此京師。以
綏四國。叶于逼反無縱詭隨。以謹罔極。式遏
寇虐。無俾作慝。叶壮得反敬愼威儀。以近有
德
賦也。罔極、爲惡無窮極之人也。有德、有德之人也。

○民亦勞止。汔可小愒。起例反惠此中國。
俾民憂泄。以世反無縱詭隨。以謹醜厲。式
遏寇虐。無俾正敗。叶蒲寐反戎雖小子。而式
弘大。叶特計反
賦也。愒、息也。泄、去。厲、惡也。正敗、正道敗壞也。戎、汝也。言汝雖小子。而其所爲甚廣大。不可不謹也
○民亦勞止。汔可小安。惠此中國。國
無有殘。無縱詭隨。以謹繾綣。式遏寇

詹。無俾正反。王欲玉女。音汝 是用大諫。春秋傳、荀子書並作簡。音簡

賦也。繾綣，小人之固結其君者也。正反，反於正也。玉，寶愛之意。言王欲以女爲玉而寶愛之，故我用王之意大諫正於女。蓋託爲王意以相戒也。

民勞五章，章十句。

上帝板板，下民卒癉。當簡反 出話不然，爲猶不遠。靡聖管管，不實於亶。猶之未遠，是用大諫。叶音簡

賦也。板板，反也。卒，盡。癉，病。猶，謀也。管管，無所依也。亶，誠也。○序以此爲凡伯刺厲王之詩。今考其意，亦與前篇相類，但責之益深切耳。此章首言天反其常道，而使民盡病矣，而女之出言皆不合理，爲謀又不久遠。其心以爲無復聖人，但恣己妄行而無所依據，又不實之於誠信，豈其謀之未遠而然乎。世亂乃人所爲，而曰上帝板板者，無所歸咎之詞耳。

音釋

女，音汝。

○天之方難，叶泥涓反 無然憲憲。叶虛言反 天之方蹶，俱衛反 無然泄泄。以世反 辭之輯矣，音集。叶祖合反 民之洽矣。辭之懌矣，叶弋灼反 民之莫矣。

賦也。憲憲，欣欣也。蹶，動也。泄泄，猶沓沓也。蓋弛緩之意。孟子曰：事君無義，進退無禮，言則非先王之道者，猶沓沓也。輯，和。洽，合。懌，悅。莫，定也。辭輯而懌，則言必以先王之道矣。所以民無不合，無不定也。

○我雖異事，及爾同僚。我即爾謀，聽我囂囂。許驕反 我言維服，勿以爲笑。叶思邀反 先民有言，詢于芻初俱反 蕘。叶如謠反

賦也。異事，不同職也。同僚，同爲王臣也。春秋傳曰：同官爲僚。即，就也。囂囂，自得不肯受言之貌。服，事也。猶曰我所言者乃今之急事也。先民，古之賢人也。芻蕘，采薪者。古人尚詢及芻蕘，況其僚友乎。

○天之方虐，無然謔謔。虛虐反 老夫灌灌，小子蹻蹻。其畧反 匪我言耄，莫報反，叶毛博反 爾用憂謔。多將熇熇，叶許各反 不可救藥。

賦也。謔，戲侮也。老夫，詩人自稱。灌灌，欵欵也。蹻蹻，驕貌。耄，老而昏也。熇熇，熾盛也。○蘇氏曰：老者知其不可，而盡其欵誠以告之，少者不信而驕之，故曰：非我老耄而妄言，乃汝以憂爲戲耳。夫憂未至而救之，猶可爲也。苟俟其益多，則如火之盛，不可復救矣。

○天之方懠，才細反，叶箋西反 無爲夸苦花反 毗。威儀

卒迷。善人載尸。民之方殿屎。許伊反 則莫我敢葵。喪息浪反 亂蔑資。叶箋西反 曾莫惠我師。叶霜夷反

賦也。懠。怒。夸。大。毗。附也。小人之於人。不以大言夸之。則以諛言毗之也。尸。則不言不為。飲食而已者也。殿屎。呻吟也。葵。揆也。蔑。猶滅也。資與咨同。嗟歎聲也。惠。順。師。衆也。○戒小人毋得夸毗。使威儀迷亂。而善人不得有所為也。又言民方愁苦呻吟。而莫敢揆度其所以然者。是以至於散亂滅亡。而卒無能惠我師者也。

○天之牖民。如壎許元反 如篪。音池 如璋如圭。如取如攜。無曰益。牖民孔易。以豉反。叶夷益反 民之多辟。匹亦反，下同 無自立辟。

賦也。牖。開明也。猶言天啓其心也。壎唱而篪和。璋判而圭合。取求攜得而無所費。皆言易也。辟。邪也。○言天之開民。其易如此。以明上之化下。其易亦然。今民既多邪辟矣。豈可又自立邪辟以道之邪。

○价音介 人維藩。叶分邅反 大師維垣。大邦維屏。大宗維翰。叶胡田反 懷德維寧。宗子維城。無俾城壞。叶胡罪胡威二反 無獨斯畏。叶紆會於非二反

賦也。价，大也。大德之人也。藩，籬。師，衆。垣，牆也。大邦，强國也。屏，樹也。所以爲蔽也。大宗，强族也。翰，幹也。宗子，同姓也。○言是六者皆君之所恃以安，而德其本也。有德則得是五者之助。不然則親戚叛之而城壞。城壞則藩垣屏翰皆壞而獨居。獨居而所可畏者至矣。

○敬天之怒。無敢戲豫。敬天之渝。（涌朱反）無敢馳驅。昊天曰明（叶謨郎反）及爾出王。（音往，叶如字）昊天曰旦（叶得絹反）及爾游衍。（叶怡戰反）

賦也。渝，變也。王，往通。言出而有所往也。旦，亦明也。衍，寬縱之意。○言天之聰明無所不及，不可以不敬也。板板也。難也。蹶也。泄也。憯也。其怒而變也甚矣。而不之敬也。亦知其有日監在茲者乎。張子曰：天體物而不遺，猶仁體事而無不在也。禮儀三百，威儀三千，無一事而非仁也。昊天曰明，及爾出王。昊天曰旦，及爾游衍。無一物之不體也。

板八章章八句

生民之什十篇六十一章四百三十三句

詩卷之十八

朱熹集傳

蕩之什三之三

蕩蕩上帝。下民之辟。叶必亦反疾威上帝。其命多辟。叶匹亦反天生烝民。其命匪諶。市林反或叶市隆反靡不有初。鮮克有終。叶諸深反或如字

賦也。蕩蕩廣大貌。辟君也。疾威猶暴虐也。多辟多邪辟也。烝衆。諶信也。○言此蕩蕩之上帝。乃下民之君也。今此暴虐之上帝。其命乃多邪僻者何哉。蓋天生衆民。其命有不可信者。蓋其降命之初。無有不善。而人少能以善道自終。是以致此大亂。使天命亦罔克終。如疾威而多僻也。蓋始爲怨天之辭。而卒自解之如此。劉康公曰。民受天地之中以生。所謂命也。能者養之以福。不能者敗以取禍。此之謂也。

○文王曰咨。咨女音汝殷商。曾是彊禦。曾是掊蒲侯反克。曾是在位。曾是在服。叶蒲北反天降慆他刀反德。女興是力。

賦也。此設爲文王之言也。咨嗟也。殷商紂也。彊禦暴虐之臣也。掊克聚斂之臣也。服事也。慆慢。興起也。力如力行之力。○詩人知厲王之將亡。故爲此詩。託於文王所以嗟歎殷紂

者言此暴虐聚斂之臣在位用事乃天降慆慢之德而害民然非其自爲之也乃汝興起此人而力爲之耳

○文王曰咨咨女殷商而秉義類彊禦多懟(直類反)流言以對寇攘式內侯作(側慮反)侯祝(周救反)靡届靡究

賦也而亦女也義善懟怨也流言浮浪不根之言也侯維也作讀爲詛詛祝怨謗也○言汝當用善類而反任此暴虐多怨之人使用流言以應對則是爲寇盜攘竊而反居內矣是以致怨謗之無極也

○文王曰咨咨女殷商女炰(白交反)烋(火交反)于中國(叶于逼反)斂怨以爲德不明爾德時無背(布內反)無側爾德不明以無陪(蒲回反)無卿

賦也炰烋氣健貌斂怨以爲德多爲可怨之事而反自以爲德也背後側傍陪貳也言前後左右公卿之臣皆不稱其官如無人也

○文王曰咨咨女殷商天不湎(面善反)爾以酒不義從式(叶式吏反)既愆爾止靡明靡

晦。叶呼洧反 式號式呼，火故反 俾晝作夜。叶羊茹反

賦也。湎，飲酒變色也。式，用也。言天不使爾沈湎於酒，而惟不義是從而用也。止，容止也。

○文王曰咨，咨女殷商。如蜩如螗，音唐 如沸如羹。叶盧當反 小大近喪，息浪反。叶平聲 人尚乎由行。叶戶郎反 內奰皮器反于中國，覃及鬼方。

賦也。蜩、螗，皆蟬也。如蟬鳴，如沸羹，皆亂意也。小者大者，幾於喪亡矣，尚且由此而行，不知變也。奰，怒也。覃，延也。鬼方，遠夷之國也。言自近及遠，無不怨怒也。

○文王曰咨，咨女殷商。匪上帝不時，叶上止反 殷不用舊。叶巨已反 雖無老成人，尚有典刑。曾是莫聽，湯經反 大命以傾。

賦也。老成人，舊臣也。典刑，舊法也。○言非上帝為此不善之時，但以殷不用舊，致此禍爾。雖無老成人與圖先王舊政，然典刑尚存，可以循守，乃無聽用之者，是以大命傾覆而不可救也。

○文王曰咨，咨女殷商。人亦有言：顛沛之揭，紀竭、去例二反 枝葉未有害，許曷、暇憩二反 本實先撥。蒲末反，叶方吠、筆烈二反 殷鑒不遠，在夏后之世。

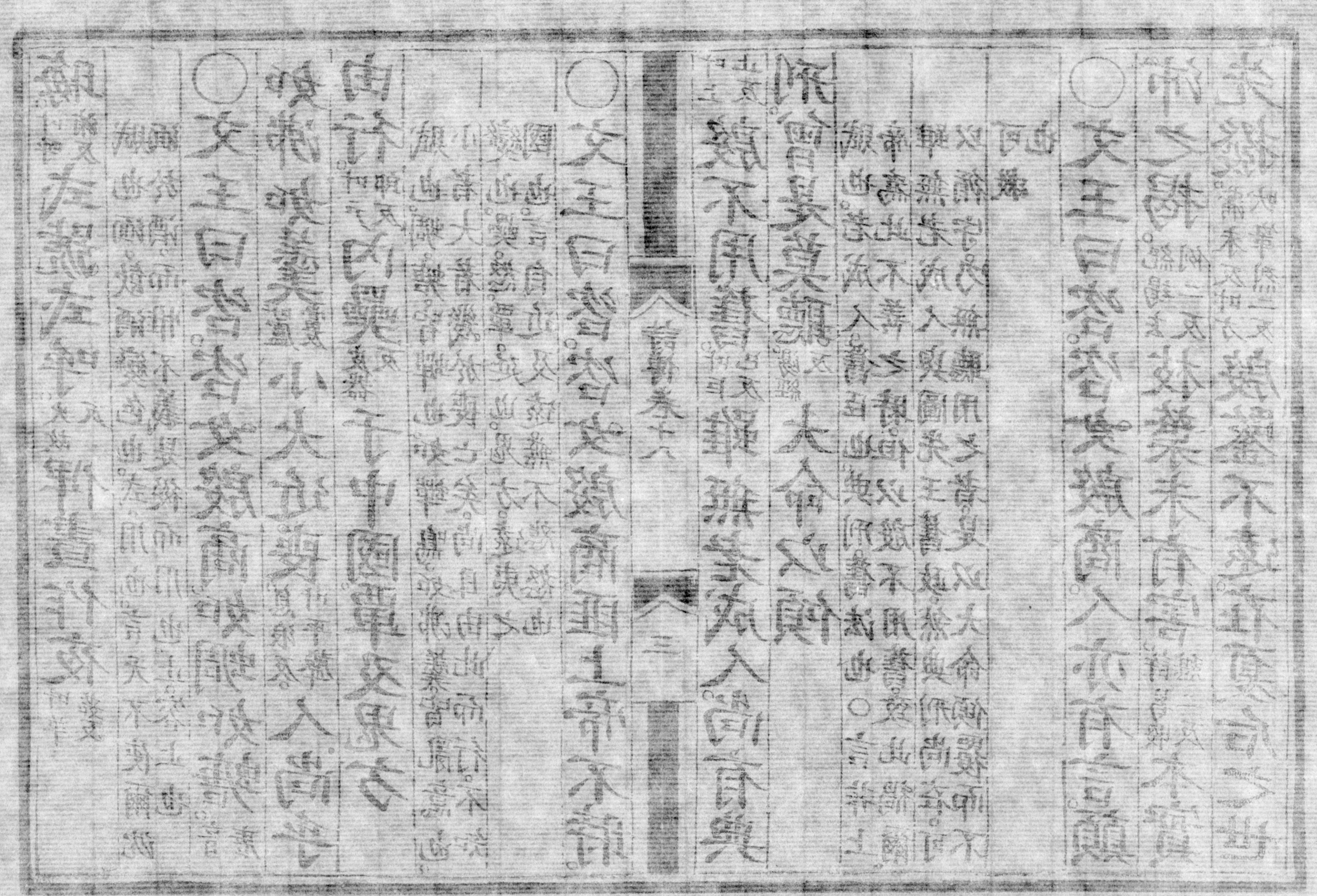

叶姪制私列二反

賦也。顛沛，仆拔也。揭，本根蹶起之貌。撥，猶絕也。鑒，視也。夏后，桀也。○言大木揭然將蹶，枝葉未有折傷，而其根本之實已先絕，然後此木乃相隨而顛拔爾。蘇氏曰：商周之衰，典刑未廢，諸侯未畔，四夷未起，而其君先為不義以自絕於天，莫可救止，正猶此爾。殷鑒在夏，蓋為文王嘆紂之辭。然周鑒之在殷，亦可知矣。

蕩八章章八句

抑抑威儀，維德之隅。人亦有言，靡哲不愚。庶人之愚，亦職維疾。叶集二反哲人之愚，亦維斯戾。

賦也。抑抑，密也。隅，廉角也。鄭氏曰：人密審於威儀者，是其德必嚴正也。故古之賢者，道行心平，可外占而知內，如宮室之制，內有繩直，則外有廉隅也。哲，知。庶，眾。職，主。戾，反也。○衛武公作此詩，使人日誦於其側以自警。言抑抑威儀，乃德之隅，則有哲人之德者，固必有哲人之威儀矣。而今之所謂哲者，未嘗有其威儀，則是無哲而不愚矣。夫眾人之愚，蓋有稟賦之偏，宜有是疾，不足為怪。哲人而愚，則反戾其常矣。

○無競維人，四方其訓之。有覺德行，下孟反四國順之。訏況于反謨定命，遠猶辰告。

叶古得反敬愼威儀維民之則

賦也。競，强也。覺，直大也。訏，大。謨，謀也。大謀，謂不爲一身之謀，而有天下之慮也。定，審定不改易也。命，號令也。猶，圖也。遠謀，謂不爲一時之計，而爲長久之規也。辰，時。告，戒也。辰告，謂以時播告也。則，法也。○言天地之性人爲貴，故能盡人道，則四方皆以爲訓；有覺德行，則四國皆順從之。故必大其謀，定其命，遠圖時告，敬其威儀，然後可以爲天下法也。

○其在于今叶音經，興迷亂于政叶音征。顚覆厥德，荒湛都南反，下同于酒叶子小反。女音汝雖湛樂音洛從，弗念厥紹市沼反。罔敷求先王，克共九勇反明刑叶胡光反。

賦也。今，武公自言已今日之所爲也。興，尚也。女，武公使人誦詩而命已之詞也。後凡言女、言爾、言小子者放此。湛樂從，言惟湛樂之從也。紹，謂所承之緒也。敷求先王，廣求先王所行之道也。共，執。刑，法也。

○肆皇天弗尚叶平聲，如彼泉流，無淪胥以亡。夙興夜寐，洒埽廷內，維民之章。脩爾車馬，弓矢戎兵叶晡亡反，用戒戎作，用逷他歷反蠻方。

賦也。弗尚，厭棄之也。淪，陷。胥，相。章，表。戒，備。戎，兵。作，起。遏，遠也。○言天所不尚，則無乃淪陷相與而亡，如泉流之易乎。是以內自庭除之近，外及蠻方之遠，細而寢興灑埽之常，大而車馬戎兵之變，慮無不周，備無不飭也。上章所謂訏謨定命，遠猶辰告者，於此見矣。

○質爾人民，謹爾侯度，用戒不虞。叶元具反 慎爾出話，敬爾威儀，叶牛何反 無不柔嘉。叶居何反 白圭之玷，叶丁篳反 尚可磨也。斯言之玷，不可爲也。叶吾禾反

賦也。質，成也。定也。侯度，諸侯所守之法度也。虞，慮。話，言。柔，安。嘉，善。玷，缺也。○言既治民守法，防意外之患矣，又當謹其言語。蓋玉之玷缺，尚可磨鑢使平，言語一失，莫能救之，其戒深切矣。故南容一日三復此章，而孔子以其兄之子妻之。【音釋】三，息暫反。妻，七計反。

○無易由言，叶以豉反 無曰苟矣。此二句不用韻 莫捫朕舌，音門 言不可逝矣。叶音折，與舌叶 無言不讎，叶市又反 無德不報。叶蒲救反 惠于朋友，叶羽已反 庶民小子。叶獎里反 子孫繩繩，萬民靡不承。

賦也。易，輕。捫，持。逝，去。讎，荅。承，奉也。○言不可輕易其言，蓋無人爲我執持其舌者，故言語由己，易致差失，常當執守，不可放去也。且天下之理，無有言而不讎，無有德而不報者。若

爾能惠于朋友。庶民小子。則子孫繩繩。而萬民靡不承矣。皆謹言之效也。

○視爾友君子。輯音集柔爾顏。叶魚堅反不遐有愆。相息亮反在爾室。尚不愧于屋漏。無曰不顯。莫予云覯。神之格思。叶剛鶴反不可度思。叶待洛反矧可射思。音亦叶弋灼反

賦也。輯。和也。遐。何通。愆。過也。尚。庶幾也。屋漏。室西北隅也。覯。見。格。至。度。測。矧。況也。射。斁通。厭也。○言視爾友於君子之時。和柔爾之顏色。其戒懼之意。常若自省曰。豈不至於有過乎。蓋常人之情。其脩於顯者。無不如此。然視爾獨居於室之時。亦當庶幾不愧于屋漏。然

後可爾。無曰此非顯明之處。而莫予見也。當知鬼神之妙。無物不體。其至於是。有不可得而測者。不顯亦臨。猶懼有失。況可厭射而不敬乎。此言不但脩之於外。又當戒謹恐懼乎其所不睹不聞也。子思子曰。君子不動而敬。不言而信。又曰。夫微之顯。誠之不可揜如此。此正心誠意之極功。而武公及之。則亦聖賢之徒矣。

○辟爾爲德。俾臧俾嘉。叶居何反淑愼爾止。不愆于儀。叶牛何反不僭不賊。鮮息淺反不爲則。投我以桃。報之以李。彼童而角。實虹户公反小子。叶奬里反

賦也。辟君也。指武公也。止容止也。僭差。賊害。則法也。無角曰童。虹潰亂也。既戒以脩德之事。而又言為德而人法之。猶投桃報李之必然也。彼謂不必脩德而可以服人者。是牛羊之童者而求其角也。亦徒潰亂汝而已。豈可得哉

○荏而甚反染而漸反柔木。言緡音岷之絲。叶新夷反溫溫恭人。維德之基。其維哲人。告之話言。順德之行。叶與言其維愚人。覆謂我僭。叶七尋反民各有心

興也。荏染柔貌。柔木柔忍之木也。緡綸也。被之綸以為弓也。話言古之善言也。覆猶反也。

僭不信也。民各有心。言人心不同。愚智相越之遠也。

○於音烏乎音呼小子。叶獎里反未知臧否。音鄙匪手攜之。言示之事。叶上止反匪面命之。言提其耳。借曰未知。亦既抱子。同上民之靡盈。誰夙知而莫音慕成。

賦也。非徒手攜之也。而又示之以事。非徒面命之也。而又提其耳。所以喻之者詳且切矣。假令言汝未有知識。則汝既長大而抱子宜有知矣。人若不自盈滿。能受教戒。則豈有既早知而反晚成者乎

[illegible]

荏染柔木，言緡之絲。溫溫恭人，維德之基。其維哲人，告之話言，順德之行。其維愚人，覆謂我僭。民各有心。

[illegible]

[illegible]

於乎小子，未知臧否。匪手攜之，言示之事。匪面命之，言提其耳。借曰未知，亦既抱子。民之靡盈，誰夙知而莫成。

[illegible]

○昊天孔昭（叶音灼）我生靡樂（音洛）視爾夢夢（莫公反）我心慘慘（當作懆。七到反。叶七各反）誨爾諄諄（之純反）聽我藐藐（美角反）匪用爲教（叶入聲）覆用爲虐借曰未知亦聿既耄（叶音莫）

賦也。夢夢。不明。亂意也。慘慘。憂貌。諄諄。詳熟也。藐藐。忽畧貌。耄。老也。八十九十曰耄。左史所謂年九十有五時也

○於乎小子（見上章）告爾舊止聽用我謀庶無大悔（叶虎委反）天方艱難曰喪（息浪反）厥國

（叶于逼反）取譬不遠昊天不忒（他得反）回遹（于橘反）其德俾民大棘

賦也。舊。舊章也。或曰久也。止。語詞。庶。幸。悔。恨。忒。差。遹。僻。棘。急也。○言天運方此艱難。將喪厥國矣。我之取譬。夫豈遠哉。觀天道禍福之不差忒。則知之矣。今汝乃回遹其德。而使民至於困急。則喪厥國也必矣

抑十二章三章章八句九章章十句

楚語左史倚相曰。昔衛武公年數九十五矣。猶箴儆於國曰。自卿以下至于師

長士。苟在朝者。無謂我老耄而舍我。必恭恪於朝夕。以交戒我。在輿有旅賁之規。位宁有官師之典。倚几有誦訓之諫。居寢有褻御之箴。臨事有瞽史之道。宴居有師工之誦。史不失書。矇不失誦。以訓御之。於是作懿戒以自儆。及其沒也。謂之睿聖武公。韋昭曰。懿讀爲抑。即此篇也。董氏曰。侯包言武公行年九十有五。猶使人日誦是詩而不離於其側。然則序說爲刺厲王者誤矣。

音釋

相息亮反。長。知丈反。師長。大夫也。士。衆士也。旅賁。勇力之士也。中庭之左右。謂之位。門屏之間謂之宁。誦訓。工師所誦之諫。書於几也。暬。近。事。戎祀也。離。力智反

菀音鬱彼桑柔。與劉憂叶篇內多放此其下侯旬。捋力活反

采其劉。瘼音莫此下民。不殄心憂。倉初亮反兄與怳同塡舊說古塵字兮。倬彼昊天。叶鐵因反寧不我矜。

比也。菀。茂。旬。徧。劉。殘。殄。絕也。倉兄。與愴怳同。悲閔之意也。塡。未詳。舊說與塵陳同。蓋言久也。或疑與瘼字同。爲病之義。但召旻篇內二字並出。又恐未然。今姑闕之。倬。明貌。○舊說此爲芮伯刺厲王而作。春秋傳亦曰芮良夫之詩。則其說是也。以桑爲比者。桑之爲物。其葉最盛。然及其采之也。一朝而盡。無黃落之漸。故取以比周之盛時。如葉之茂。其陰無所不徧。至於厲王。肆行暴虐。以敗其成業。王室忽焉凋弊。如桑之既采。民失其蔭而受其病。

故君子憂之不絕於心。悲閔之甚而至於病。遂號天而訴之也

○四牡騤騤。旟旐有翩（叶批賓反）。亂生不夷。靡國不泯（叶彌鄰反）。民靡有黎。具禍以燼（叶咨辛反）。於（音烏）乎（音呼）有哀（叶音依）。國步斯頻。

賦也。夷，平。泯，滅。黎，黑也。謂黑首也。具，俱也。燼，灰燼也。步，猶運也。頻，急蹙也。○厲王之亂，天下征役不息，故其民見其車馬旌旟而厭苦之。自此至第四章，皆征役者之怨辭也。

○國步蔑資。天不我將（叶子兩反）。靡所止疑（魚乞反。叶如字）。云徂何往。君子實維。秉心無競（叶其兩反）。誰生厲階（叶居奚反）。至今為梗（古杏反。叶古黨反）。

賦也。蔑，滅。資，咨。將，養也。疑，讀如儀禮疑立之疑。定也。徂，亦往也。競，爭。厲，怨。梗，病也。○言國將危亡。天不我養。居無所定。徂無所往。然非君子之有爭心也。誰實為此禍階。使至今為病乎。蓋曰禍有根原。其所從來也遠矣

○憂心慇慇。念我土宇。我生不辰。逢天僤（都但反）怒（叶暖五反）。自西徂東（叶音丁）。靡所定處。多我覯痻（武巾反）。孔棘我圉。

賦也。土，鄉。宇，居。辰，時。僤，厚。覯，見。痻，病。棘，急。圉，邊也。或曰禦也。多矣我之見病也。急矣我之

在邊也

○爲謀爲毖（叶音必）亂況斯削。告爾憂恤。誨爾序爵。誰能執熱。逝不以濯。其何能淑。載胥及溺。（叶奴學反）

賦也。毖，慎。況，滋也。序爵，辨別賢否之道也。執熱，手執熱物也。○蘇氏曰：王豈不謀且慎哉。然而不得其道，適所以長亂而自削耳。故告之以其所當憂，而誨之以序爵。且曰誰能執熱而不濯者。賢者之能已亂，猶濯之能解熱耳。不然，則其何能善哉。相與入於陷溺而已。

○如彼遡風（叶孚音反）。亦孔之僾（音愛）。民有肅心。荓（普耕反）云不逮。好（呼報反）是稼穡。力民代食。稼穡維寶。代食維好。

賦也。遡，鄉。僾，唈。肅，進。荓，使也。○蘇氏曰：君子視厲王之亂，悶然如遡風之人，唈而不能息。雖有欲進之心，皆使之曰世亂矣，非吾所能及也。於是退而稼穡，盡其筋力，與民同事，以代祿食而已。當是時也，仕進之憂甚於稼穡之勞。故曰稼穡維寶，代食維好，言雖勞而無患也。

音釋 唈，烏合反。嗚唈，短氣也。

○天降喪（息浪反）亂。滅我立王。降此蟊賊。稼穡卒痒（音羊）。哀恫（音通）中國。具贅（之芮反）卒

荒。靡有旅力。以念穹蒼。

賦也。恫。痛。具。俱也。贅。屬也。言危也。春秋傳曰君若綴旒然。與此贅同。卒。盡。荒。虛也。旅與膂同。穹蒼。天也。穹言其形。蒼言其色。○言天降喪亂。旣已滅我所立之王矣。又降此蟊賊。則我之稼穡又病。而不得以代食矣。哀此中國。皆危盡荒。是以危困之極。無力以念天禍也。此詩之作。不知的在何時。其言滅我立王。則疑在共和之後也。

○維此惠君。民人所瞻。叶側姜反 秉心宣猶。考慎其相。息亮反 叶平聲 維彼不順。自獨俾臧。自有肺腸。俾民卒狂。

賦也。惠。順也。順。順於義理也。宣。徧。猶。謀。相。輔。狂。惑也。○言彼順理之君。所以為民所尊仰者。以其能秉持其心。周徧謀度。考擇其輔相。必衆以為賢而後用之。彼不順理之君。則自以為善而不考衆謀。自有私見而不通衆志。所以使民眩惑至於狂亂也。

○瞻彼中林。甡甡其鹿。所巾反 朋友已譖。子念反 叶子林反 不胥以穀。人亦有言。進退維谷。

興也。甡甡。衆多並行之貌。譖。不信也。胥。相。穀。善。谷。窮也。言朋友相譖。不能相善。曾鹿之不如也。○言上無明君。下有惡俗。是以進退皆窮也。

○維此聖人。瞻言百里。維彼愚人。覆

狂以喜。匪言不能。胡斯畏忌。叶巨已反

賦也。聖人炳於幾先。所視而言者。無遠而不察。愚人不知禍之將至。而反狂以喜。今用事者蓋如此。我非不能言也。如此畏忌何哉。言王暴虐。人不敢諫也。

○維此良人。弗求弗迪。叶徒沃反維彼忍心。是顧是復。房六反民之貪亂。寧爲荼毒。

賦也。迪。進也。忍。殘忍也。顧。念。復。重也。荼。苦菜。味苦氣辛。能殺物。故謂之荼毒也。○言不求善人進而用之。其所顧念重復而不已者。乃忍心不仁之人。民不堪命。所以肆行貪亂。而安爲荼毒也。

○大風有隧。音遂有空大谷。維此良人。作爲式穀。維彼不順。征以中垢。古口反叶居六反

興也。隧。道。式。用。穀。善也。征以中垢。未詳其義。或曰。征。行也。中。隱暗也。垢。汙穢也。○大風之行有隧。蓋多出於空谷之中。以興下文君子小人所行。亦各有道耳。

○大風有隧。貪人敗類。聽言則對。誦言如醉。匪用其良。覆俾我悖。叶蒲寐反

興也。敗類。猶言圮族也。王使貪人爲政。我以其或能聽我之言而對之。然亦知其不能聽也。故誦言而中心如醉。由王不用善人。而反使我至此悖眊也。厲王說榮夷公。芮良夫曰。

王室其將卑乎。夫榮公好專利而不備大難。夫利。百物之所生也。天地之所載也。而或專之。其害多矣。此詩所謂貪人。其榮公也與。芮伯之憂非一日矣。【音釋】圮。皮鄙反說。音悅。夫。音扶。好。去聲。難。去聲。與。音余

○嗟爾朋友。予豈不知而作。如彼飛蟲。時亦弋獲。叶胡郭反既之陰于鴆反女。音汝反予來赫。叶黑各反

賦也。如彼飛蟲。時亦弋獲。言已之所言或亦有中。猶曰千慮而一得也。之。往。陰。覆也。赫。威怒之貌。我以言告女。是往陰覆於女。女反來加赫然之怒於已也。張子曰。陰往密告於女。女反謂我來恐動也。亦通。【音釋】中。陟仲反

○民之罔極。職涼善背。叶必墨反為民不利。如云不克。民之回遹。職競用力。

賦也。職。專也。涼義未詳。傳曰。涼。薄也。鄭讀作諒。信也。疑鄭說為得之。善背。工為反覆也。克。勝也。回遹。邪僻也。○言民之所以貪亂而不知所止者。專由此人名為直諒。而實善背。又為民所不利之事。如恐不勝而力為之也。又言民之所以邪僻者。亦由此輩專競用力而然也。反覆其言。所以深惡之也。【音釋】惡。烏故反

○民之未戾。職盜為寇。涼曰不可。覆

涼曰不可，覆背善詈（力智反）。雖曰匪予，既作爾歌（叶韻未詳）。

賦也。戾，定也。民之所以未定者，由有盜臣為之寇也。蓋其為信也，亦以小人為不可矣。及其反背也，則又工為惡言以詈君子，是其色厲內荏，真可謂穿窬之盜矣。然其人又自文飾，以為此非我言也，則我已作爾歌矣。言得其情，且事已著明，不可掩覆也。

【音釋】文音問

桑柔十六章，八章章八句，八章章六句。

倬彼雲漢，昭回于天（叶鐵因反）。王曰於（音烏）乎（音呼），何辜今之人。天降喪（息浪反）亂，饑饉薦臻（准甸反）。靡神不舉，靡愛斯牲（叶桑經反）。圭璧既卒，寧莫我聽（叶吐丁反）。

賦也。雲漢，天河也。昭，光。回，轉也。言其光隨天而轉也。薦，荐通，重也。臻，至也。靡神不舉，所謂國有凶荒，則索鬼神而祭之也。圭璧，禮神之玉也。卒，盡。寧，猶何也。○舊說以為宣王承厲王之烈，內有撥亂之志，遇烖而懼，側身脩行，欲消去之。天下喜於王化復行，百姓見憂。故仍叔作此詩以美之。言雲漢者，夜晴則天河明。故述王仰訴於天之詞如此也。

【音釋】荐薦同。重，直用反。索鬼神，求廢祀而脩之。

○旱既大(音泰)甚。蘊隆蟲蟲。不殄禋祀。自郊徂宮。上下奠瘞。靡神不宗。后稷不克。上帝不臨。(叶力中反)耗斁(丁故反)下土。寧丁我躬。

賦也。蘊。蓄。隆。盛也。蟲蟲。熱氣也。殄。絶也。郊。祀天地也。宮。宗廟也。上。祭天。下。祭地。奠其禮。瘞其物。宗。尊也。克。勝也。言后稷欲救此旱災而不能勝也。臨。享也。稷以親言。帝以尊言也。斁。敗。丁。當也。何以當我之身而有是災也。或曰。與其耗斁下土。寧使災害當我身也。亦通。

○旱既大甚。則不可推。(吐雷反)兢兢業業。如霆如雷。周餘黎民。靡有孑遺。(叶夷回反。下同)昊天上帝。則不我遺。胡不相畏。先祖于摧。(在雷反)

賦也。推。去也。兢兢。恐也。業業。危也。如霆如雷。言畏之甚也。孑。無右臂貌。遺。餘也。言大亂之後。周之餘民無復有半身之遺者。而上天又降旱災。使我亦不見遺。摧。滅也。言先祖之祀將自此而滅也。

○旱既大甚。則不可沮。(在呂反)赫赫炎炎。云我無所。大命近止。靡瞻靡顧。(叶果五反)群

公先正則不我助叶牀所反父母先祖胡寧忍予叶演女反

賦也。沮，止也。赫赫，旱氣也。炎炎，熱氣也。無所，無所容也。大命近止，死將至也。瞻，仰。顧，望也。群公先正，月令所謂雩祀百辟卿士之有益於民者，以祈穀實者也。於群公先正但言其不見助，至父母先祖則以恩望之矣。所謂垂涕泣而道之也。

○旱既大甚滌滌徒歷反山川叶樞倫反旱魃蒲末反為虐如惔音談如焚叶符勻反我心憚暑憂心如熏群公先正則不我聞叶微勻反昊天上

帝寧俾我遯叶徒勻反

賦也。滌滌，言山無木，川無水，如滌而除之也。魃，旱神也。惔，燎之也。憚，勞也。畏也。薰，灼。遯，逃也。言天不肯使我得逃遯而去也。

○旱既大甚黽勉畏去胡寧瘨都田反我以旱憯七感反不知其故祈年孔夙方社不莫音慕昊天上帝則不我虞叶元具反敬恭明神宜無悔怒

賦也。黽勉，畏去出無所之也。瘨，病。憯，曾也。祈年，孟春祈穀于上帝，孟冬祈來年于天宗，是

也。方。祭四方也。社。祭土神也。虞。度。悔。恨也。言

天曾不度我之心。如我之敬事明神。宜可以

無恨怒也。【音釋】天宗。月令注。日月星辰也

○旱既大甚。散無友紀。鞫(居六反)哉庶正。

疚哉冢宰。(叶奬里反)趣(七口反)馬師氏。膳夫左右。

(叶羽已反)靡人不周。無不能止。瞻卬(音仰)昊天。

云如何里。

賦也。友紀。猶言綱紀也。或曰友。疑作有。鞫。窮也。庶正。衆官之長也。疚。病也。冢宰。又衆長之長也。趣馬。掌馬之官。師氏。掌以兵守王門者。膳夫。掌食之官也。歲凶年穀不登。則趣馬不

秣。師氏弛其兵。馳道不除。祭事不縣。膳夫徹膳。左右布而不脩。大夫不食粱。士飲酒不樂。周。救也。無不能止。言諸臣無有一人不周救百姓者也。無有自言不能而遂止不為也。里。憂也。與漢書無俚之俚同。聊賴之意也。【音釋】長。知文反。縣。音玄。徹。直列反。不秣。謂不以粟養其馬。弛兵。師氏掌使其屬率四夷之隸。各以兵服守王門外。且蹕。世掌近王之兵。故令弛其兵也。不除。謂不使人除治之。不縣。謂祭祀之事。不懸其樂。左右不脩。謂左右之官。布列於位。不復有所脩造。

○瞻卬昊天。有嘒(呼惠反)其星。大夫君子。

昭假(音格)無贏(音盈)。大命近止。無棄爾成。

何求爲（于偽反）我。以戾庶正（叶諸盈反）。瞻卬昊天。曷惠其寧。

賦也。嘒。明貌。昭。明。假。至也。○久旱而仰天以望雨。則有嘒然之明星未有雨徵也。然群臣竭其精誠。而助王以昭假于天者已無餘矣。雖今死亡將近。而不可以棄其前功。當益求所以昭假者而脩之。固非求爲我之一身而已。乃所以定衆正也。於是語終。又仰天而訴之曰。果何時而惠我以安寧乎。張子曰。不敢斥言雨者。畏懼之甚。且不敢必云爾。

雲漢八章章十句

崧（息中反）高維嶽。駿（音峻）極于天（叶鐵因反）。維嶽降

神。生甫及申。維申及甫。維周之翰（叶胡千反）。四國于蕃（叶分邅反）。四方于宣。

賦也。山大而高曰崧。嶽。山之尊者。東岱。南霍。西華。北恒是也。駿。大也。甫。甫侯也。即穆王時作呂刑者。或曰。此是宣王時人。而作呂刑者之子孫也。申。申伯也。皆姜姓之國也。翰。幹。蕃。蔽也。○宣王之舅申伯出封于謝。而尹吉甫作詩以送之。言嶽山高大。而降其神靈和氣。以生甫侯申伯。實能爲周之楨幹屏蔽。而宣其德澤於天下也。蓋申伯之先。神農之後。爲唐虞四嶽。總領方嶽諸侯。而奉嶽神之祭。能脩其職。嶽神享之。故此詩推本申伯之所以生。以爲嶽降神而爲之也。

○亹亹申伯王纘（祖管反）之事于邑于謝
南國是式（叶失吏反）王命召伯（叶逋莫反）定申伯之
宅（叶達各反）登是南邦（叶卜工反）世執其功

賦也亹亹强勉之貌纘繼也使之繼其先世之事也邑國都之處也謝在今鄧州南陽縣周之南土也式使諸侯以爲法也召伯召穆公虎也登成也世執其功言使申伯後世常守其功也或曰大封之禮召公之世職也

【音釋】

文王時召公治外爲諸侯長及其子孫亦然肅肅謝功召伯營之溥彼韓城燕師所完故知大封之禮召公之世職也

○王命申伯式是南邦（叶卜工反）因是謝人

以作爾庸王命召伯徹申伯土田（叶地因反）
王命傅御遷其私人

賦也庸城也言因謝邑之人而爲國也鄭氏曰庸功也爲國以起其功也徹定其經界正其賦稅也傅御申伯家臣之長也私人家人遷使就國也漢明帝送侯印與東平王蒼諸子而以手詔賜其國中傅蓋古制如此

○申伯之功召伯是營有俶（尺叔反）其城
寢廟既成既成藐藐王錫申伯（叶逋各反）四
牡蹻蹻（渠略反）鉤膺濯濯

賦也。俶，始。作，也。藐藐，深貌。蹻蹻，壯貌。濯濯，光明貌。

〇王遣申伯，路車乘（繩證反）馬。（叶蒲補反）我圖爾居，莫如南土。錫爾介圭，以作爾寶。（叶音補）往近（鄭音記。按說文從辵從丌，今從斤，誤。）王舅，南土是保。（叶音補）

賦也。介圭，諸侯之封圭也。近，辭也。

〇申伯信邁，（[illegible]）王餞（淺賤反）于郿。（叶忙悲反）申伯還南，謝于誠歸。王命召伯，徹申伯土疆，以峙（直里反）其粻。（音張）式遄（市專反）其行。（叶户郎反）

賦也。郿，在今鳳翔府郿縣，在鎬京之西，岐周之東。而申在鎬京之東南。時王在岐周，故餞于郿也。言信邁誠歸，以見王之數留，疑於行之不果故也。峙，積。粻，糧。遄，速也。召伯之營謝也，則已斂其稅賦，積其餱糧，使廬市有止宿之委積，故能使申伯無留行也。

音釋 委，於偽反。積，子賜反。少曰委，多曰積。

〇申伯番番，（音波，叶分邅反）既入于謝，徒御嘽嘽。（吐丹反）周邦咸喜，戎有良翰。（叶胡千反）不顯申伯，王之元舅，文武是憲。（叶虛言反）

賦也。番番，武勇貌。嘽嘽，衆盛也。戎，女也。申伯既入于謝，周人皆以爲喜，而相謂曰：汝今有

良翰矣。元。長。憲。法也。言文武之士皆以申伯爲法也。或曰。申伯能以文王武王爲法也

○申伯之德。柔惠且直。揉汝又反此萬邦。聞音問于四國。叶于逼反吉甫作誦。其詩孔碩。其風肆好。以贈申伯

賦也。揉。治也。吉甫。尹吉甫。周之卿士。誦。工師所誦之詞也。碩。大。風。聲。肆。遂也

崧高八章章八句

天生烝民。有物有則。民之秉彝。音夷好呼報反是懿德。天監有周。昭假音格于下。叶後五反保茲天子。生仲山甫

賦也。烝。衆。則。法。秉。執。彝。常。懿。美。監。視。昭。明。假。至。保。祐也。仲山甫。樊侯之字也。○宣王命樊侯仲山甫築城于齊。而尹吉甫作詩以送之。言天生衆民。有是物必有是則。盖自百骸九竅五臟。而達之君臣父子夫婦長幼朋友。無非物也。而莫不有法焉。如視之明。聽之聰。貌之恭。言之順。君臣有義。父子有親之類。是也。是乃民所執之常性。故其情無不好此美德者。而況天之監視有周。能以昭明之德。感格于下。故保祐之而爲之生此賢佐曰仲山甫焉。則所以鍾其秀氣而全其美德者。又非特如凡民而已也。昔孔子讀詩至此而讃之曰。爲此詩者。其知道乎。故有物必有則。民之秉彝也。故好是懿德。而孟子引之以證性善之

說。其旨深矣。讀者其致思焉

○仲山甫之德。柔嘉維則。令儀令色。小心翼翼。古訓是式。威儀是力。天子是若。明命使賦。叶韻若賦未詳

賦也。嘉美。令善也。儀威儀也。色顏色也。翼翼恭敬貌。古訓先王之遺典也。式法。力勉。若順。賦布也。○東萊呂氏曰。柔嘉維則。不過其則也。過其則斯為弱。不得謂之柔嘉矣。令儀令色。小心翼翼。言其表裏柔嘉也。古訓是式。威儀是力。言其學問進修也。天子是若。明命使賦。言其發而措之事業也。此章蓋備舉仲山甫之德

○王命仲山甫。式是百辟。辟音璧。無韻未詳纘戎祖考。王躬是保。出納王命。王之喉舌。賦政于外。四方爰發。叶方月反

賦也。式法。戎女也。王躬是保。所謂保其身體者也。然則仲山甫蓋以冢宰兼大保。而大保抑其世官也與。出。承而布之也。納。行而復之也。喉舌。所以出言也。發。發而應之也。○東萊呂氏曰。仲山甫之職。外則總領諸侯。內則輔養君德。入則典司政本。出則經營四方。此章蓋備舉仲山甫之職

音釋 女音汝。與平聲。應於證反

○肅肅王命。仲山甫將之。邦國若否。

音鄙

仲山甫明(叶謨郎反)之。既明且哲。以保其身。夙夜匪解(佳賣反)。以事一人。

賦也。肅肅。嚴也。將。奉行也。若。順也。順否。猶臧否也。明。謂明於理。哲。謂察於事。保身。蓋順理以守身。非趨利避害而偷以全軀之謂也。解。怠也。一人。天子也。

○人亦有言。柔則茹(忍與反)之。剛則吐之。維仲山甫。柔亦不茹。剛亦不吐。不侮矜(古頑反)寡(叶果五反)。不畏彊禦。

賦也。人亦有言。世俗之言也。茹。納也。○不茹柔。故不侮矜寡。不吐剛。故不畏彊禦。以此觀之。則仲山甫之柔嘉非軟美之謂。而其保身未嘗枉道以徇人可知矣。

○人亦有言。德輶(叶羊久反)如毛。民鮮(息淺反)克舉之。我儀圖(叶丁五反)之。維仲山甫舉之。愛莫助(叶牀五反)之。袞職有闕。維仲山甫補之。

賦也。輶。輕。儀。度。圖。謀也。袞職。王職也。天子龍袞。不敢斥言王闕。故曰袞職有闕也。○言人皆言德甚輕而易舉。然人莫能舉也。我於是謀度其能舉之者。則惟仲山甫而已。是以心誠愛之。而恨其不能有以助之。蓋愛之者秉彝好德之性也。而不能助者。能舉與否在彼而已。固無待於人之助。而亦非人之所能助也。至於王職有闕。則亦維仲山甫獨能補之

蓋惟大人然後能格君心之非。未有不能自畢其德而能補君之闕者也。

【音釋】度，徒各反。易，以鼓反。

○仲山甫出祖，四牡業業。征夫捷捷，在接反 每懷靡及。叶極業反 四牡彭彭，叶鋪郎反 八鸞鏘鏘。七羊反 王命仲山甫，城彼東方。

賦也。祖，行祭也。業業，健貌。捷捷，疾貌。東方，齊也。傳曰：古者諸侯之居逼隘，則王者遷其邑而定其居，蓋去薄姑而遷於臨菑也。孔氏曰：史記齊獻公元年，徙薄姑都治臨菑。計獻公當夷王之時，與此傳不合。豈徙於夷王之時，至是而始備其城郭之守歟。

○四牡騤騤，求龜反 八鸞喈喈。音皆，叶居奚反 仲山甫徂齊，式遄其歸。吉甫作誦，穆如清風。叶孚愔反 仲山甫永懷，以慰其心。

賦也。式遄其歸，不欲其久於外也。穆，深長也。清風，清微之風，化養萬物者也。以其遠行而有所懷思，故以此詩慰其心焉。曾氏曰：賦政于外，雖仲山甫之職，然保王躬，補王闕，尤其所急。城彼東方，其心永懷，蓋有所不安者，尹吉甫深知之，作誦而告以遄歸，所以安其心也。

烝民八章，章八句。

○奕奕梁山，維禹甸之。有倬其道，下與考叶 韓

侯受命。王親命之。纘戎祖考。（與上道叶）無廢
朕命。夙夜匪解。（音懈，叶訖力反）虔共爾位。朕命
不易。榦（古旦反）不庭方。以佐戎辟。（音壁）
賦也。奕奕，大也。梁山，韓之鎮也。今在同州韓
城縣。甸，治也。倬，明貌。韓，國名。侯爵，武王之後
也。受命，蓋即位除喪，以士服入見天子而聽
命也。纘，繼。戎，女也。言王錫命之，使繼世而爲
諸侯也。虔，敬。易，改。榦，正也。不庭方，不來庭之
國也。辟，君也。此又戒之以脩其職業之詞也。
○韓侯初立來朝，始受王命而歸，詩人作此
以送之。序亦以爲尹吉甫作。今未有據。下篇
云召穆公凡
伯者，放此。

○四牡奕奕，孔脩且張。韓侯入覲，以其
介圭，入覲于王。王錫韓侯，淑旂綏章，簟
茀錯衡。（叶戶郎反）玄衮赤舄，鉤膺鏤（音漏）鍚。（音羊）鞹（苦郭反）
鞃（苦弘反）淺幭（莫歷反），鞗（音條）革金厄。（叶於栗反）
賦也。脩，長。張，大也。介圭，封圭。執之爲贄，以合
瑞于王也。淑，善也。交龍曰旂。綏章，染鳥羽或
旄牛尾爲之，注於旂竿之首，爲表章者也。鏤，
刻金也。馬眉上飾曰鍚，今當盧也。鞹，去毛之
革也。鞃，式中也，謂兩較之間横木可憑者。以
鞹持之，使牢固也。淺，虎皮也。幭，覆式也。字一
作幦，又作幭。以有毛之皮覆式上也。鞗
革，轡首也。金厄，以金爲環，纏搤轡首也。
【音釋】輅（訖

岳反。覆，孚救反。帶。幭，並莫歷反

○韓侯出祖，出宿于屠。顯父(音甫)餞之，清酒百壺。其殽(户交反)維何？炰(白交反)鼈鮮魚。其蔌(音速)維何？維筍(恤尹反)及蒲。其贈維何？乘(繩證反)馬路車。籩(音邊)豆有且(子余反)，侯氏燕胥。

賦也。既覲而反國，必祖者，尊其所往，去則如始行焉。屠，地名，或曰即杜也。顯父，周之卿士也。蔌，菜殽也。筍，竹萌也。蒲，蒲蒻也。且，多貌。侯氏，覲禮諸侯來朝者之稱。胥，相也。或曰語辭。

○韓侯取(七住反)妻，汾(符云反)王之甥，蹶(俱衛反)父

(音虞)之子(叶奬里反)。韓侯迎(魚覲反)止，于蹶之里。百兩(音亮，又如字)彭彭(叶鋪郎反)，八鸞鏘鏘，不顯其光。諸娣(大計反)從之，祁祁(巨移反)如雲。韓侯顧之，爛其盈門(叶眉貧反)。

賦也。此言韓侯既覲而還，遂以親迎也。汾王，厲王也。厲王流于彘，在汾水之上，故時人以目王焉。猶言莒郊公、黎比公也。蹶父，周之卿士，姞姓也。諸娣，諸侯一娶九女，二國媵之，皆有娣姪也。祁祁，徐靚也。如雲，衆多也。

○蹶父孔武，靡國不到。爲(于僞反)韓姞(其一反)

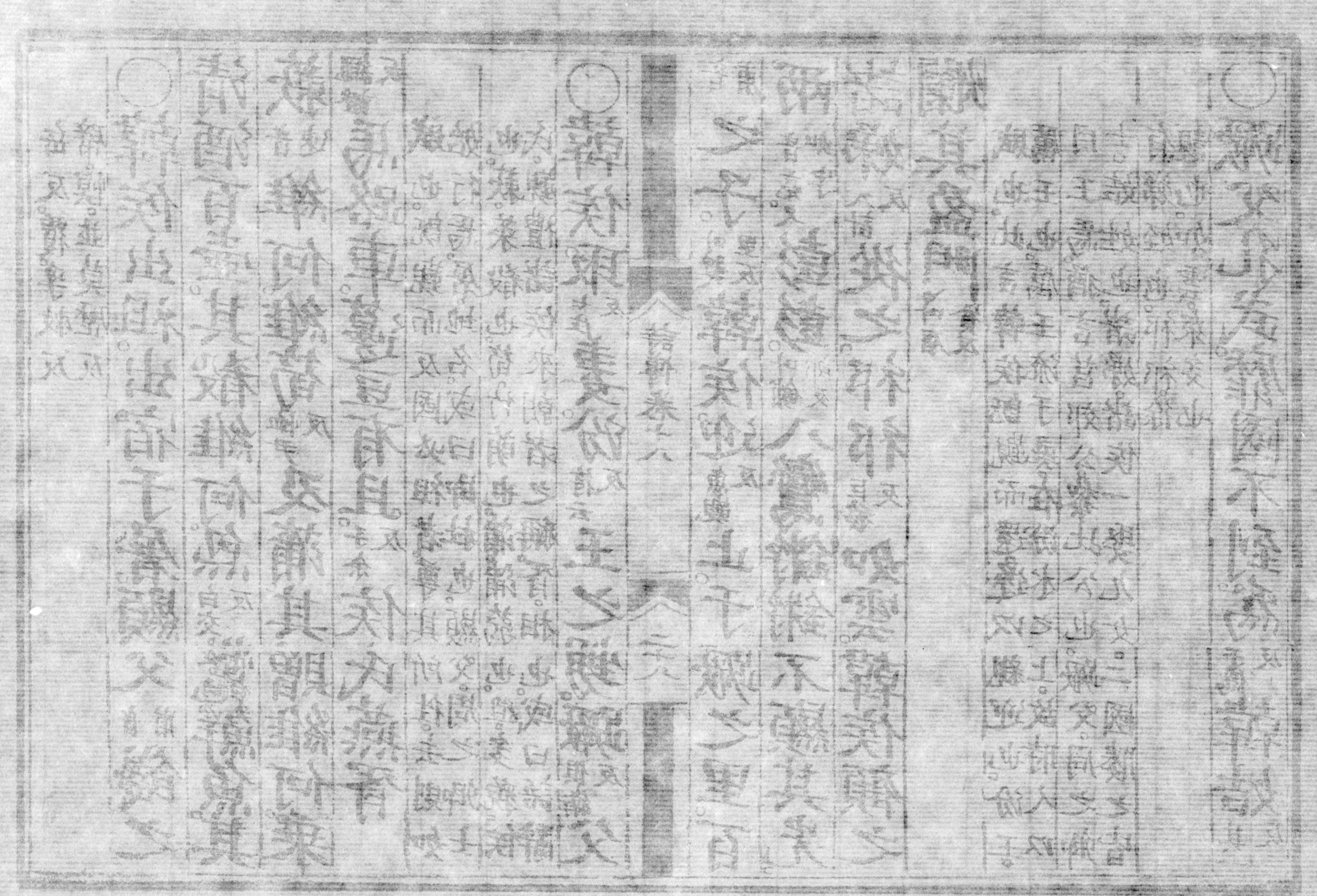

相(息亮反)攸。莫如韓樂。(音洛叶力告反)孔樂韓土。川澤訏訏。(況甫反)魴鱮甫甫。麀鹿噳噳。(愚甫反)有熊有羆。有貓(茅苗二音)有虎。慶既令居。(叶斤御斤於二反)韓姞燕譽。(叶羊如羊諸二反)

賦也。韓姞。蹶父之子。韓侯妻也。相攸。擇可嫁之所也。訏訏。甫甫。大也。噳噳。衆也。貓。似虎而淺毛。慶。喜。令。善也。喜其有此善居也。燕。安。譽。樂也

○溥彼韓城。燕(因肩反)師所完。以先祖受命。因時百蠻。王錫韓侯。其追其貊。(毋伯反)

奄受北國。因以其伯。實墉實壑。實畝實籍。獻其貔(音毗)皮。赤豹黃羆。

賦也。溥。大也。燕。召公之國也。師。衆也。追。貊。夷狄之國也。墉。城。壑。池。籍。稅也。貔。猛獸名。○韓初封時。召公爲司空。王命以其衆爲築此城。如召伯營謝山甫城齊春秋諸侯城邢城楚丘之類也。王以韓侯之先因是百蠻而長之。故錫之追貊使爲之伯。以脩其城池治其田畝。正其稅法。而貢其所有於王也。

韓奕六章章十二句

江漢浮浮。武夫滔滔。(叶他侯反)匪安匪遊。淮

夷來求。既出我車。既設我旟。匪安匪舒。淮夷來鋪。

賦也。浮浮。水盛貌。滔滔。順流貌。淮夷。夷之在淮上者也。鋪。陳也。陳師以伐之也。○宣王命召穆公平淮南之夷。詩人美之。此章總序其事。言行者皆莫敢安徐。而曰吾之來也。惟淮夷是求。是伐耳。

○江漢湯湯。書羊反武夫洸洸。音光經營四方。告成于王。四方既平。王國庶定。叶唐丁反時靡有爭。叶甾經反王心載寧。

賦也。洸洸。武貌。庶。幸也。此章言既伐而成功也。

○江漢之滸。音虎王命召虎。式辟音闢四方。徹我疆土。匪疚匪棘。王國來極。于疆于理。至于南海。叶虎委反

賦也。虎。召穆公名也。辟。與闢同。徹。井其田也。疚。病。棘。急也。極。中之表也。居中而爲四方所取正也。○言江漢既平。王又命召公闢四方之侵地。而給其疆界。非以病之。非以急之也。但使其來取正於王國而已。於是遂疆理之。盡南海而止也。

○王命召虎。來旬來宣。文武受命。召

公維翰。（叶胡千反）無曰予小子。（叶奬里反）召公是似。（叶養里反）肇敏戎公。用錫爾祉。

賦也。旬，徧。宣，布也。自江漢之滸言之，故曰來。召公，召康公奭也。翰，幹也。予小子，王自稱也。肇，開。戎，女。公，功也。○又言王命召虎來此江漢之滸，徧治其事，以布王命，而曰昔文武受命，惟召公爲楨幹。今女無曰以予小子之故也。但自爲嗣女召公之事耳。能開敏女功，則我當錫女以祉福。如下章所云也。

○釐（力之反）爾圭瓚，秬（音巨）鬯（初亮反）一卣。（音酉）告于文人。（無韻未詳）錫山土田。（叶地因反）于周受命。（叶滿并反，下同）自召祖命。虎拜稽首。天子萬年。（叶彌因反）

賦也。釐，賜。卣，尊也。文人，先祖之有文德者，謂文王也。周，岐周也。召祖，穆公之祖康公也。○此序王賜召公策命之詞。言錫爾圭瓚秬鬯者，使之以祀其先祖。又告于文人，而錫之山川土田，以廣其封邑。蓋古者爵人必於祖廟，示不敢專也。又使往受命於岐周，從其祖康公受命於文王之所，以寵異之。而召公拜稽首，以受王命之策書也。臣受恩無可以報謝者，但言使君壽考而已。

○虎拜稽首，對揚王休。（叶虚久反）作召公考。

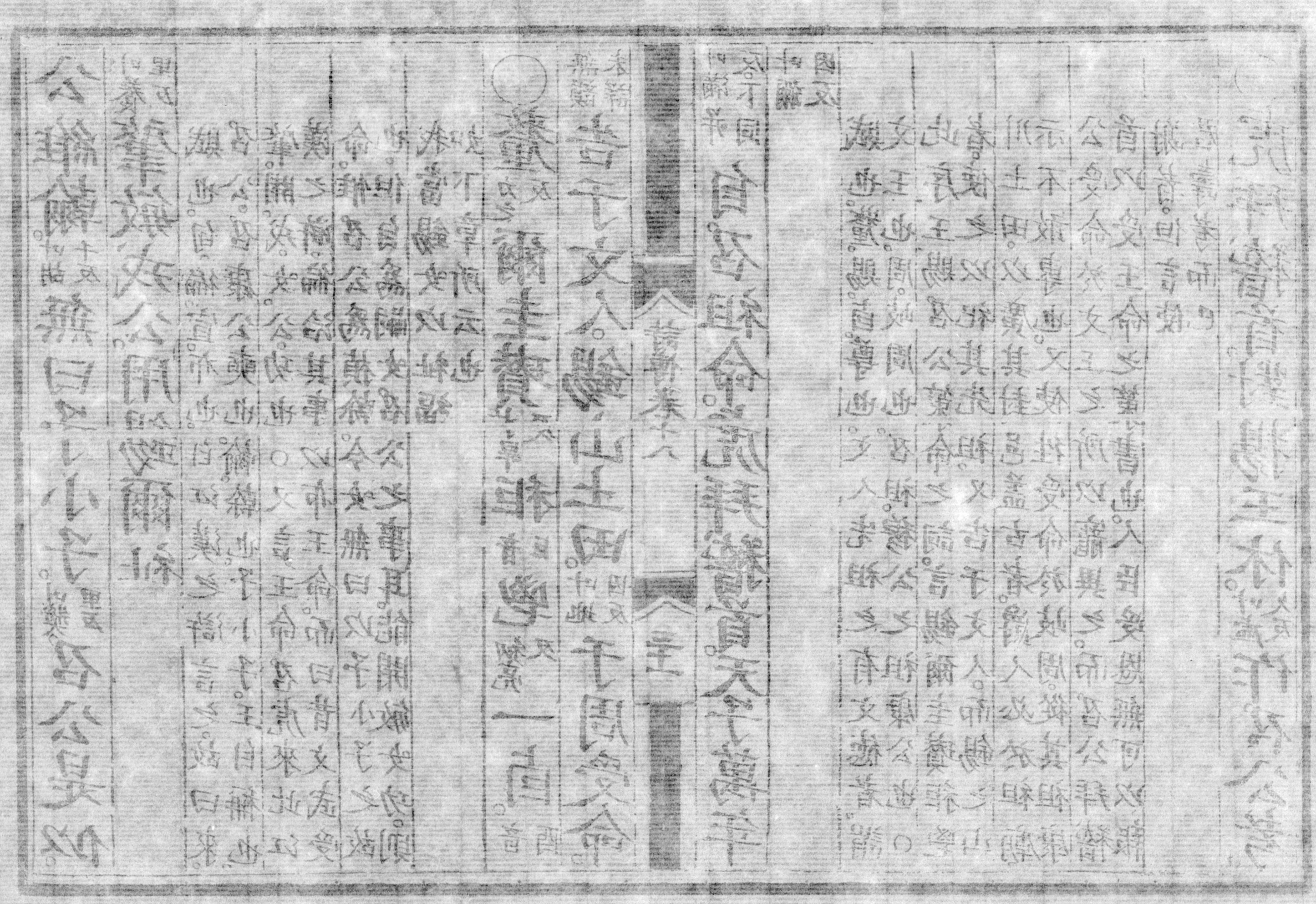

叶去久反 天子萬壽。叶殖酉反 明明天子。叶奬里反 令聞音問
不已。矢其文德。洽此四國叶越逼反

賦也。對，答。揚，稱。休，美。考，成。矢，陳也。○言穆公既受賜，遂答稱天子之美命，作康公之廟器，而勒王策命之詞，以考其成，且祝天子以萬壽也。古器物銘云：「郝拜稽首，敢對揚天子休命，用作朕皇考龔伯尊敦。郝其眉壽萬年無疆。」語正相類。但彼自祝其壽，而此祝君壽耳。既又美其君之令聞，而進之以不已；勸其君以文德，而不欲其極意於武功。古人愛君之心，於此可見矣。

音釋 郝，皮變反。敦，音對。

江漢六章，章八句

赫赫明明。王命卿士。叶音所 南仲大音泰，下同 祖。
大師皇父。音甫 整我六師。以脩我戎叶音汝
既敬既戒叶訖力反 惠此南國叶越逼反

賦也。卿士，即皇父之官也。南仲，見出車篇。大祖，始祖也。大師，皇父之兼官也。我，爲宣王之自我也。戎，兵器也。○宣王自將以伐淮北之夷，而命卿士之謂南仲爲大祖，兼大師而字皇父者，整治其從行之六軍，脩其戎事，以除淮夷之亂，而惠此南方之國。詩人作此以美之。必言南仲大祖者，稱其世功以美大之也。

○王謂尹氏。命程伯休父。左右陳行。

户郎反 戒我師旅，率彼淮浦，省此徐土。不
留不處，三事就緒。叶象呂反
賦也。尹氏，吉甫也。蓋爲内史掌策命卿大夫
也。程伯休父，周大夫。三事未詳。或曰：三農之
事也。○言王詔尹氏策命程伯休父爲司馬，
使之左右陳其行列，循淮浦而省徐州之土。
蓋伐淮北徐州之夷也。上章既命皇父，而此
章又命程伯休父者，蓋王親命大師以三公
治其軍事，而使内史命
司馬以六卿副之耳。
○赫赫業業，叶宜却反 有嚴天子。王舒保作。
匪紹匪遊，徐方繹騷。叶蘇侯反 震驚徐方。如

雷如霆，徐方震驚。
賦也。赫赫，顯也。業業，大也。嚴，威也。天子自將，
其威可畏也。王舒保作，未詳其義。或曰：舒，徐，
保，安，作，行也。言王師舒徐而安行也。紹，糾緊
也。遊，遨遊也。繹，連絡也。騷，擾動也。○夷厲以
來，周室衰弱，至是而天子自將以征不庭，其
師始出，不疾不徐，而徐方之人皆已震動，如
雷霆作於其上，不遑安矣。
○王奮厥武，如震如怒。叶暖五反 進厥虎臣，
闞呼檻反 如虓火交反 虎。鋪普吳反 敦淮濆，符云反 仍執
醜虜。截彼淮浦，王師之所。

賦也進鼓而進之也闞奮怒之貌虓虎之自怒也鋪布也布其師旅也敦厚也厚集其陳也仍就也老子曰攘臂而仍之截截然不可犯之貌

○王旅嘽嘽吐丹反如飛如翰如江如漢如山之苞叶補鉤反如川之流緜緜翼翼不測不克濯征徐國叶越逼反

賦也嘽嘽衆盛貌翰羽苞本也如飛如翰疾也如江如漢衆也如山不可動也如川不可禦也緜緜不可絕也翼翼不可亂也不測不可知也不克不可勝也濯大也

○王猶允塞徐方既來叶六直反徐方既同

天子之功四方既平徐方來庭徐方不回王曰還歸叶古回反

賦也猶道允信塞實庭朝回違也還歸班師而歸也○前篇召公帥師以出歸告成功故備載其褒賞之詞此篇王實親行故於卒章反復其詞以歸功於天子言王道甚大而遠方懷之非獨兵威然也序所謂因以爲戒者是也

常武六章章八句

瞻卬音仰昊天則不我惠孔塡舊說古塵字不寧降此大厲邦靡有定士民其瘵側界反叶

側例反）蟊（音牟）賊蟊疾，靡（音糜）有夷屆（音戒，叶居氣反）。罪罟不收。靡有夷瘳（敕留反）。

一

賦也。瘨，久。厲，亂。瘵，病也。蟊賊，害苗之蟲也。疾，害。夷，平。屆，極。罟，網也。○此刺幽王嬖褒姒，任奄人，以致亂之詩。首言昊天不惠而降亂，無所歸咎之詞也。蘇氏曰：國有所定，則民受其福；無所定，則受其病。於是有小人爲之蟊賊；刑罪爲之網罟，凡此皆民之所以病也。

[音釋]

奄人，周禮司刑註：男女不以義交者，其刑宮。宮者，丈夫割其勢。奄，於檢於驗二反。又作閹，英廉反。通用。

○人有土田。女（音汝）反有之（叶酉由二音）。人有民人。女覆奪（徒活反）之。此宜無罪。女反收（叶殖酉殖由二反）之。彼宜有罪。女覆說（音脫）之。

賦也。反，覆。收，拘。說，赦也。

○哲夫成城，哲婦傾城。懿厥哲婦，爲梟（古堯反）爲鴟（處之反）。婦有長舌。維厲之階（叶居奚反）。亂匪降自天（叶鐵因反），生自婦人。匪教匪誨（叶呼位反），時維婦寺。

賦也。哲，知也。城，猶國也。哲婦，蓋指褒姒也。傾，覆。懿，美也。梟鴟，惡聲之鳥也。長舌，能多言者

也。階梯也。寺奄人也。○言男子正位乎外。爲國家之主。故有知則能立國。婦人以無非無儀爲善。無所事哲。哲則適以覆國而已。故此懿美之哲婦。而反爲梟鴟。蓋以其多言而能爲禍亂之梯也。若是則亂豈眞自天降。如首章之說哉。特由此婦人而已。蓋其言雖多而非有教誨之益者。是惟婦人與奄人耳。豈可近哉。上文但言婦人之禍。末句兼以奄人爲言。蓋二者常相倚而爲奸。不可不并以爲戒也。歐陽公嘗言宦者之禍甚於女寵。其言尤爲深切。有國家者可不戒哉

○鞫人忮（之豉反）忒。譖（子念反）始竟背（音佩叶必墨反）。豈曰不極。伊胡爲慝。如賈（音古）三倍。君子是識。婦無公事。休其蠶織。

賦也。鞫窮。忮害。忒變也。譖不信也。竟終。背反。極已。慝惡也。賈居貨者也。三倍獲利之多也。公事朝廷之事。蠶織婦人之業。○言婦寺能以其智辯窮人之言。其心忮害而變詐無常。既以譖妄倡始於前。而終或不驗於後。則亦不復自謂其言之放恣無所極已。而反曰是何足爲慝乎。夫商賈之利。非君子之所宜識。如朝廷之事。非婦人之所宜與也。今賈三倍。而君子識其所以然。婦人無朝廷之事。而舍其蠶織以圖之。則豈不爲慝哉

○天何以刺（叶音砌）。何神不富（叶方味反）。舍（音捨）爾介狄。維予胥忌。不弔不祥。威儀不類。

人之云亡。邦國殄瘁。

賦也。刺。責。介。大。胥。相。弔。閔也。○言天何用責王。神何用不富王哉。凡以王信用婦人之故也。是必將有夷狄之大患。今王舍之不忌。而反以我之正言不諱爲忌。何哉。夫天之降不祥。庶幾王懼而自脩。今王遇災而不恤。又不謹其威儀。又無善人以輔之。則國之殄瘁宜矣。或曰。介狄。即指婦寺。猶所謂女戎者也

○天之降罔。維其優矣。人之云亡。心之憂矣。天之降罔。維其幾矣。人之云亡。心之悲矣

賦也。罔。罟。優。多。幾。近也。蓋承上章之意而重言之以警王也

○觱音必沸音弗檻胡覽反泉。維其深矣。心之憂矣。寧自今矣。不自我先。不自我後叶下五反藐藐昊天。無不克鞏叶音古。無忝皇祖。式救爾後同上

興也。觱沸。泉涌貌。檻泉。泉正出者。藐藐。高遠貌。鞏。固也。○言泉水瀵涌上出。其源深矣。我心之憂。亦非適今日然也。然而禍亂之極。適當此時。蓋已無可爲者。惟天高遠。雖若無意於物。然其功用神明不測。雖危亂之極。亦無不能鞏固之者。幽王苟能改過自新。而不忝

其祖。則天意可回。來者猶必可救。而子孫亦蒙其福矣。

【音釋】藐，莫角反。鞏，九勇反。

瞻卬七章，三章章十句，四章章八句。

旻天疾威。天篤降喪（息浪反，叶桑郎反）。瘨（都田反）我饑饉。民卒流亡。我居圉（魚呂反）卒荒。

賦也。篤。厚。瘨。病。卒。盡也。居。國中也。圉。邊陲也。〇此刺幽王任用小人以致饑饉侵削之詩也。

〇天降罪罟。蟊賊內訌（戶工反）。昏椓（丁角反）靡

共（音恭）。潰潰回遹。實靖夷我邦（叶卜工反）。

賦也。訌。潰也。昏椓。昏亂椓喪之人也。共。與恭同。一說與供同。謂共其職也。潰潰。亂也。回遹。邪僻也。靖。治。夷。平也。〇言此蟊賊昏椓者。皆潰亂邪僻之人。而王乃使之治平我邦。所以致亂也。

〇皋皋訿訿（音紫）。曾不知其玷（丁險反）。兢兢業業。孔填（巳見上篇）不寧。我位孔貶。

賦也。皋皋。頑慢之意。訿訿。務為謗毀也。玷。缺也。填。久也。〇言小人在位所為如此。而王不知其缺。至於戒敬恐懼甚久而不寧者。其位乃更見貶黜。其顛倒錯亂之甚如此。

○如彼歲旱。草不潰（集注作遂）茂。如彼棲（音西）苴（七如反）。我相（息亮反）此邦。無不潰止（叶韻未詳）。

賦也。潰。遂也。棲苴。水中浮草棲於木上者。言枯槁無潤澤也。相。視。潰。亂也。

音釋 苴。釋文士加反。與楂同。音傳誤。

○維昔之富不如時。維今之疚不如茲。彼疏斯粺（薄賣反）。胡不自替。職兄（音況）斯引（叶韻未詳）。

賦也。時。是。疚。病也。疏。糲也。粺則精矣。替。廢也。兄。怳同。引。長也。○言昔之富未嘗若是之疚也。而今之疚又未有若此之甚也。彼小人之與君子。如疏與粺。其分審矣。而曷不自替以避君子乎。而使我心專為此故。至於愴怳引長而不能自已也。

音釋 糲。蘭末反。鑿。子洛反。怳。許往反。為。于偽反。下章專為之為同。

○池之竭矣。不云自頻。泉之竭矣。不云自中（叶諸仍反）。溥斯害矣。職兄斯弘。不烖我躬（叶姑弘反）。

賦也。頻。厓。溥。廣。弘。大也。○池。水之鍾也。泉。水之發也。故池之竭由外之不入。泉之竭由內之不出。言禍亂有所從起。而今不云然也。此其為害亦已廣矣。是使我心專為此故。至於

憯況日益弘大而憂之曰是豈不烖及我躬也乎

○昔先王受命有如召公日辟(音闢)國百里今也日蹙(子六反)國百里於(音烏)乎(音呼)哀哉維今之人不尚有舊(叶巨已反)

賦也先王文武也召公康公也辟開蹙促也○文王之世周公治內召公治外故周人之詩謂之周南諸侯之詩謂之召南所謂日辟國百里云者言文王之化自北而南至於江漢之間服從之國日以益衆及虞芮質成而其旁諸侯聞之相帥歸周者四十餘國焉今謂幽王之時促國蓋犬戎內侵諸侯外畔也又嘆息哀痛而言今世雖亂豈不猶有舊德可用之人哉言有之而不用耳

召旻七章四章章五句三章章七句

因其首章稱旻天卒章稱召公故謂之召旻以別小旻也

蕩之什十一篇九十二章七百六十九句

詩卷之十八

詩卷之十九

朱熹集傳

頌四

頌者宗廟之樂歌。大序所謂美盛德之形容。以其成功告于神明者也。蓋頌與容古字通用。故序以此言之。周頌三十一篇。多周公所定。而亦或有康王以後之詩。魯頌四篇。商頌五篇。因亦以類附焉。凡五卷。

周頌清廟之什四之一

於音烏穆清廟。肅雝顯相。息亮反濟濟子禮反多

士。秉文之德。對越在天。駿奔走在廟。不顯不承。無射音亦與斁同於人斯。周頌多不叶韻。未詳其說

賦也。於。歎辭。穆。深遠也。清。清靜也。肅。敬。雝。和。顯。明。相。助也。謂助祭之公卿諸侯也。濟濟。衆也。多士。與祭執事之人也。越。於也。駿。大而疾也。承。尊奉也。斯。語辭。○此。周公既成洛邑而朝諸侯。因率之以祀文王之樂歌。言於穆哉此清靜之廟。其助祭之公侯。皆敬且和。而其執事之人。又無不執行文王之德。既對越其在天之神。而又駿奔走其在廟之主。如此則是文王之德。豈不顯乎。豈不承乎。信乎其無有厭斁於人也。

音釋　與音預。朝。直遙反

清廟一章八句

書稱王在新邑烝祭歲。文王騂牛一。武王騂牛一。實周公攝政之七年。而此其升歌之辭也。書大傳曰。周公升歌清廟。苟在廟中嘗見文王者。愀然如復見文王焉。樂記曰。清廟之瑟。朱弦而疏越。壹倡而三嘆。有遺音者矣。鄭氏曰。朱弦。練朱弦。練則聲濁。越。瑟底孔也。疏之。使聲遲也。倡。發歌句也。三嘆。三人從歎之耳。漢因秦樂。乾豆上。奏登歌。獨上歌。不以筦絃亂人聲。欲在位者徧聞之。猶古清廟之歌也。

音釋 愀。七小反。復。扶又反。乾。音干。豆上之上。時掌反。筦。管同。

維天之命。於音烏穆不已。於同上乎音呼不顯。文王之德之純。

賦也。天命。即天道也。不已。言無窮也。純。不雜也。○此亦祭文王之詩。言天道無窮。而文王之德純一不雜。與天無間。以贊文王之德之盛也。子思子曰。維天之命。於穆不已。蓋曰天之所以爲天也。於乎不顯。文王之德之純。蓋曰文王之所以爲文也。純亦不已。程子曰。天道不已。文王純於天道。亦不已。純則無二無雜。不已則無間斷先後。

假春秋傳作何以溢春秋傳作恤我。我其收之。駿惠我文王。曾孫篤之。

何之爲假。聲之轉也。恤之爲溢。字之訛也。收。受。駿。大。惠。順也。曾孫。後王也。篤。厚也。○言文王之神將何以恤我乎。有則我當受之。以大順文王之道。後王又當篤厚之而不忘也。

維天之命一章八句

維清緝熙文王之典肇禋音因迄許乞反用有成維周之禎

賦也。清，清明也。緝，續。熙，明。肇，始。禋，祀。迄，至也。○此亦祭文王之詩。言所當清明而緝熙者，文王之典也。故自始祀至今有成，實維周之禎祥也。然此詩疑有闕文焉。

維清一章五句

烈文辟音璧，下同公錫茲祉福惠我無疆子孫保之

賦也。烈，光也。辟公，諸侯也。○此祭於宗廟而獻助祭諸侯之樂歌。言諸侯助祭使我獲福，則是諸侯錫此祉福，而惠我以無疆，使我子孫保之也。

無封靡于爾邦維王其崇之念茲戎功繼序其皇之

封靡之義未詳。或曰：封，專利以自封殖也。靡，汰侈也。崇，尊尚也。戎，大。皇，大也。○言汝能無封靡于汝邦，則王當尊汝。又念汝有此助祭錫福之大功，則使汝之子孫繼序而益大之也。

無競維人四方其訓之不顯維德百

辟其刑之於音烏乎音呼前王不忘又言莫強於人莫顯於德先王之德所以人不能忘者用此道也此戒飭而勸勉之也中庸引不顯惟德百辟其刑之而曰故君子篤恭而天下平大學引於乎前王不忘而曰君子賢其賢而親其親小人樂其樂而利其利此以沒世不忘也

烈文一章十三句此篇以公疆兩韻相叶未審當從何讀意亦可互用也

天作高山大音泰王荒之彼作矣文王康之彼徂矣岐沈括曰後漢書西南夷傳作彼岨者岐今按彼書岨但作徂而引韓詩薛君章句亦但訓為往獨矣正作着如沈氏說然其注末復云岐雖阻僻則似又有岨意韓子亦云彼岐有岨疑或有誤別有所據故今從之而定讀岐字絕句有夷之行叶户郎反子孫保之賦也高山謂岐山也荒治康安也岨險僻之意也夷平行路也○此祭大王之詩言天作岐山而大王始治之大王既作而文王又安之於是彼險僻之岐山人歸者衆而有平易之道路子孫當世世保守而不失也

天作一章七句

昊天有成命二后受之成王不敢康

夙夜基命宥密。於音烏緝熙。單厥心。肆其靖之

賦也。二后。文武也。成王。名誦。武王之子也。基。積累于下以承藉乎上者也。宥。宏深也。密。靜密也。於。歎詞。靖。安也。○此詩多道成王之德疑祀成王之詩也。言天祚周以天下。既有定命。而文武受之矣。成王繼之。又能不敢康寧。而其夙夜積德以承藉天命者。又宏深而靜密。是能繼續光明文武之業。而盡其心。故今能安靖天下。而保其所受之命也。國語。叔向引此詩而言曰。是道成王之德也。成王能明文昭定武烈者也。以此證之。則其爲祀成王之詩無疑矣

昊天有成命一章七句

此康王以後之詩

我將我享。維羊維牛。維天其右之叶音由

賦也。將。奉。享。獻。右。尊也。神坐東向。在饌之右。所以尊之也。○此宗祀文王於明堂以配上帝之樂歌。言奉其牛羊以享上帝。而曰天庶其降而在此牛羊之右乎。蓋不敢必也

儀式刑文王之典。日靖四方。伊嘏古雅反文王。既右享之叶虛良反

儀。式。刑。皆法也。嘏。錫福也。○言我儀式刑文王之典。以靖天下。則此能錫福之文王。既降

而在此之右以享我祭。若有以見其必然矣

我其夙夜畏天之威于時保之

又言天與文王既皆右享我矣則我其敢不夙夜畏天之威以保天與文王所以降鑒之意乎

我將一章十句

程子曰。萬物本乎天人本乎祖故冬至祭天而以祖配之以冬至氣之始也萬物成形於帝人成形於父故季秋享帝而以父配之以季秋成物之時也陳氏曰。古者祭天於圜丘掃地而行事器用陶匏牲用犢其禮極簡聖人之意以

爲未足以盡其意之委曲故於季秋之月有大享之禮焉天即帝也郊而曰天所以尊之也故以后稷配焉后稷遠矣配稷於郊亦以尊稷也明堂而曰帝所以親之也以文王配焉文王親也配文王於明堂亦以親文王也尊尊而親親周道備矣然則郊者古禮而明堂者周制也周公以義起之也東萊呂氏曰於天維庶其饗之不敢加一詞焉於文王則言儀式其典日靖四方天不待贊美文王所以法天也卒章惟言畏天之威而不及文王者統於尊也畏天所以畏文王也天與文王一也

時邁其邦昊天其子之

賦也。邁。行也。邦。諸侯之國也。周制十有二年王巡守殷國。柴望祭告。諸侯畢朝。○此巡守而朝會祭告之樂歌也。言我之以時巡行諸侯也。天其子我乎哉。蓋不敢必也。【音釋】秋官大行人殷國。註云。其殷國則四方四時分來如平時。蓋殷中也。與殷頫殷同之義同。王十有二歲一巡狩。若不巡狩。則殷同。殷同者。六服盡朝也

實右序有周。薄言震之。莫不震疊。懷柔百神。及河喬嶽。允王維后

右。尊。序。次。震。動。疊。懼。懷。來。柔。安。允。信也。○既而曰天實右序有周矣。是以使我薄言震之。而四方諸侯莫不震懼。又能懷柔百神。以至于河之深。廣嶽之崇高。而莫不感格。則是信

乎周王之爲天下君矣

明昭有周。式序在位。載戢側立反干戈。載櫜古刀反弓矢。我求懿德。肆于時夏戶雅反。允王保之

戢。聚。櫜。韜。肆。陳也。夏。中國也。○又言明昭乎我周也。既以慶讓黜陟之典。式序在位之諸侯。又收斂其干戈弓矢。而益求懿美之德以布陳于中國。則信乎王之能保天命也。或曰。此詩即所謂肆夏。以其有肆于時夏之語而命之也

時邁一章十五句

春秋傳曰。昔武王克商。作頌曰載戢干戈。而外傳又以爲周文公之頌。則此詩乃武王之世周公所作也。外傳又曰。金奏肆夏樊遏渠。天子以饗元侯也。韋昭注云。肆夏一名樊。韶夏一名遏。納夏一名渠。即周禮九夏之三也。呂叔玉云。肆夏時邁也。樊遏執競也。渠思文也。

【音釋】九夏。王夏。肆夏。昭夏。納夏。章夏。齊夏。族夏。祴夏。驁夏。

執競武王。無競維烈。不顯成康。上帝是皇。

賦也。此祭武王成王康王之詩。競強也。言武王持其自強不息之心。故其功烈之盛天下莫得而競。豈不顯哉。成王康王之德。亦上帝之所君也。

自彼成康。奄有四方。斤斤(紀覲反)其明。(叶謨郎反)

斤斤明之察也。言成康之德明著如此也。

鐘鼓喤喤。(華彭反。叶胡光反)磬筦(音管)將將。(七羊反)降福穰穰。(如羊反)

喤喤和也。將將集也。穰穰多也。言今作樂以祭而受福也。

降福簡簡。威儀反反。既醉既飽。福祿來反。

簡簡，大也。反反，謹重也。反，覆也。言受福之多而愈益謹重，是以既醉既飽，而福祿之來反覆而不厭也。

執競一章十四句

此昭王以後之詩。國語說見前篇。

思文后稷，克配彼天。立我烝民，莫匪爾極。貽我來牟，帝命率育。叶日逼反無此疆爾界。叶訖力反陳常于時夏。

賦也。思，語詞。文，言有文德也。立，粒通。極，至也。德之至也。貽，遺也。來，小麥。牟，大麥也。率，徧。育，養也。○言后稷之德真可配天，蓋使我烝民得以粒食者，莫非其德之至也。且其貽我民以來牟之種，乃上帝之命以此徧養下民者，是以無有遠近彼此之殊，而得以陳其君臣父子之常道於中國也。或曰：此詩即所謂納夏者，亦以其有時夏之語而命之也。

思文一章八句

國語說見時邁篇。

清廟之什十篇十章九十五句

周頌臣工之什四之二

嗟嗟臣工。敬爾在公。王釐力之反爾成。來咨來茹。如預反

賦也。嗟嗟。重歎以深勅之也。臣工。羣臣百官也。公。公家也。釐。賜也。成。成法也。茹。度也。○此戒農官之詩。先言王有成法以賜女。女當來咨度也。音釋 重。直用反。度。待洛反。女。音汝

嗟嗟保介。維莫音慕之春。亦又何求。如何新畬。音余於音烏皇來牟。將受厥明。明昭上帝。迄用康年。命我衆人。庤持耻反乃錢子淺反鎛。音博奄觀銍珍栗反艾。音刈

保介。見月令呂覽。其說不同。然皆爲籍田而言。蓋農官之副也。莫春。斗柄建辰。夏正之三月也。畬。三歲田也。於皇。歎美之詞。來牟。麥也。明。上帝之明賜也。言麥將熟也。迄。至也。康年。猶豐年也。衆人。甸徒也。庤。具。錢。銚。鎛。鉏。皆田器也。銍。穫禾短鎌也。艾。穫也。○此乃言所戒之事。言三月則當治其新畬矣。今如何哉。然麥已將熟。則可以受上帝之明賜。而此明昭之上帝。又將賜我新畬以豐年也。於是命甸徒具農器以治其新畬。而又將忽見其收成也。音釋 爲。于僞反。銚。七遙反。俗作鍬

臣工一章十五句

噫嘻成王。既昭假音格爾。率時農夫。播

厥百穀。駿發爾私。終三十里。亦服爾耕。十千維耦。叶音擬

賦也。噫嘻亦歎詞也。昭。明。假。格也。爾。田官也。時。是。駿。大。發。耕也。私。私田也。三十里。萬夫之地。四旁有川。內方三十三里有奇。言三十里。舉成數也。耦。二人並耕也。○此連上篇。亦戒農官之詞。昭假爾。猶言格汝衆庶。蓋成王始置田官。而嘗戒命之也。爾當率是農夫。播其百穀。使之大發其私田。皆服其耕事。萬人爲耦而並耕也。蓋耕本以二人爲耦。今合一川之衆爲言。故云萬人畢出。并力齊心。如合一耦也。此必鄉遂之官。司稼之屬。其職以萬夫爲界者。溝洫用貢法。無公田。故皆謂之私。蘇氏曰。民曰雨我公田。遂及我私。而君曰駿發

爾私。終三十里。其上下之間。交相忠愛如此。

噫嘻一章八句

振鷺于飛。于彼西雝。我客戾止。亦有斯容。

賦也。振。羣飛貌。鷺。白鳥。雝。澤也。客。謂二王之後。夏之後杞。商之後宋。於周爲客。天子有事膰焉。有喪拜焉者也。○此二王之後來助祭之詩。言鷺飛于西雝之水。而我客來助祭者其容貌脩整。亦如鷺之潔白也。或曰。興也。

在彼無惡。烏路反 在此無斁。叶丁故反 庶幾夙夜。

叶羊如反以永終譽

彼其國也在國無惡之者在此無厭之者如是則庶幾其能夙夜以永終此譽矣陳氏曰在彼不以我革其命而有惡於我知天命無常惟德是與其心服也在我不以彼墜其命而有厭於彼崇德象賢統承先王忠厚之至也

振鷺一章八句

豐年多黍多稌音杜亦有高廩力錦反萬億及秭咨履反為酒為醴音禮烝畀祖妣以洽百禮降福孔皆叶舉里反

賦也稌稻也黍宜高燥而寒稌宜下濕而暑黍稌皆熟則百穀無不熟矣亦助語辭數萬至萬曰億數億至億曰秭烝進畀予洽備皆徧也○此秋冬報賽田事之樂歌蓋祀田祖先農方社之屬也言其收入之多至於可以供祭祀備百禮而神降之福將甚徧也

豐年一章七句

有瞽有瞽在周之庭

賦也瞽樂官無目者也○序以此為始作樂而合乎祖之詩兩句總序其事也

設業設虡音巨崇牙樹羽應田縣鼓鞉音桃磬柷尺叔反圉魚呂反既備乃奏叶音祖簫管備

舉以上叶聱字

業虡崇牙見靈臺篇。樹羽。置五采之羽於崇牙之上也。應小鞞。田大鼓也。鄭氏曰。田當作朄。小鼓也。縣鼓。周制也。夏后氏足鼓。殷楹鼓。周縣鼓。鞉。如鼓而小。有柄兩耳。持其柄搖之。則旁耳還自擊。磬。石磬也。柷。狀如漆桶。以木爲之。中有椎連底挏之令左右擊。以起樂者也。圉。亦作敔。狀如伏虎。背上有二十七鉏鋙刻。以木長尺櫟之。以止樂者也。簫。編小竹管爲之。管。如篴。併兩而吹之者也。【音釋】朄。音胤。挏。杜孔反。令。力呈反。篴與笛同

喤喤音橫厥聲。肅雝和鳴。先祖是聽。我客戾止。永觀厥成。以上叶庭字

我客。二王後也。觀。視也。成。樂闋也。如簫韶九成之成。獨言二王後者。猶言虞賓在位。我有嘉客。蓋尤以是爲盛耳。【音釋】闋。古穴反。曲終也

有瞽一章十三句

猗於宜反與音余漆沮七余反。潛有多魚。有鱣張連反有鮪叶于軌反。鰷音條鱨音常鰋音偃鯉。以享以祀叶逸織反。以介景福叶筆力反

賦也。猗與。歎詞。潛。槮也。蓋積柴養魚。使得隱藏避寒。因以薄圍取之也。或曰藏之深也。鰷。白鰷也。月令季冬命漁師始漁。天子親往。乃嘗魚。先薦寢廟。季春薦鮪于寢廟。此其樂歌

也【音釋】槮。釋文霜甚反。疏。糝三廩三反。又桑感反

潛一章六句

有來雝雝。與公叶。篇內同 至止肅肅。相息亮反 維辟公。叶音璧 天子穆穆

賦也。雝雝和也。肅肅敬也。相助祭也。辟公諸侯也。穆穆天子之容也。○此武王祭文王之詩。言諸侯之來皆和且敬以助我之祭事。而天子有穆穆之容也

於音烏 薦廣牡。相同上 予肆祀。叶養里反 假古雅反 哉皇考。叶音口 綏予孝子。叶獎里反

於歎詞。廣牡大牲也。肆陳。假大也。皇考文王也。綏安也。孝子武王自稱也。○言此和敬之諸侯薦大牲以助我之祭事。而大哉之文王庶其享之以安我孝子之心也

宣哲維人。文武維后。燕及皇天。叶鐵因反 克昌厥後

宣通。哲知。燕安也。○此美文王之德。宣哲則盡人之道。文武則備君之德。故能安人以及于天。而克昌其後嗣也。蘇氏曰。周人以諱事神。文王名昌。而此詩曰克昌厥後。何也。曰。周之所謂諱。不以其名號之耳。不遂廢其文也。諱其名而廢其文者。周禮之末失也

綏我眉壽。叶殖酉反 介以繁祉。既右音又 烈考

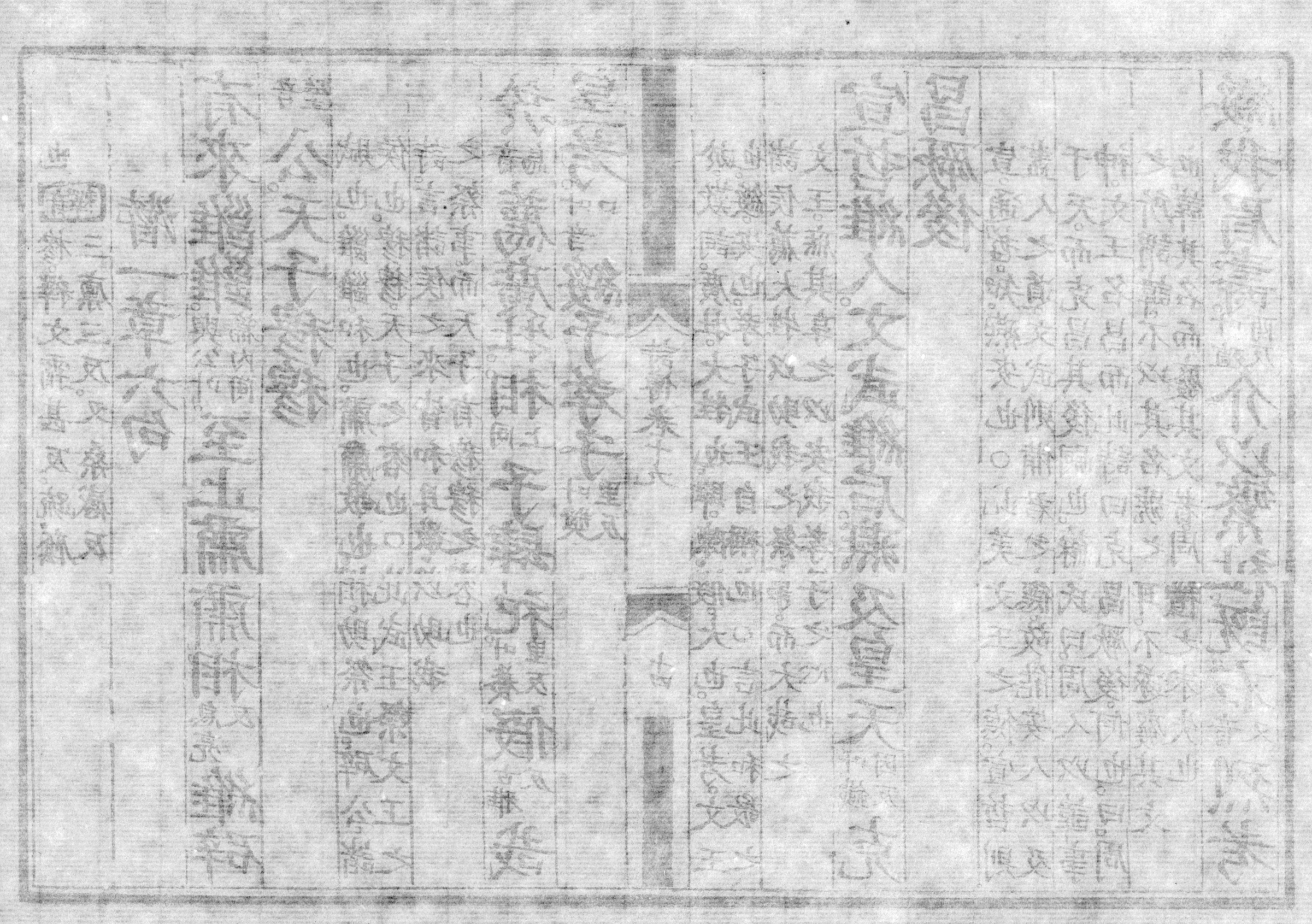

叶音口

亦右文母。叶滿彼反

右。尊也。周禮所謂享右祭祀是也。烈考。猶皇考也。文母。大姒也。○言文王昌厥後而安之。以眉壽助之以多福。使我得以右于烈考文母也。【音釋】周禮大祝註。右。讀爲侑。謂祭祀侑勸尸食而拜

雝一章十六句

周禮樂師及徹。帥學士而歌徹。說者以爲卽此詩。論語亦曰以雍徹。然則此蓋徹祭所歌。而亦名爲徹也

載見賢遍反下同辟音壁王。曰求厥章。龍旂陽陽。和鈴央央。於良反鞗音條革有鶬。七羊反休有烈光。

賦也。載。則也。發語辭也。章。法度也。交龍曰旂。陽。明也。軾前曰和。旂上曰鈴。央央有鶬。皆聲和也。休。美也。○此諸侯助祭于武王廟之詩。先言其來朝稟受法度。其車服之盛如此

率見昭考。以孝以享。叶虛良反

昭考。武王也。廟制。太祖居中。左昭右穆。周廟文王當穆。武王當昭。故書稱穆考文王。而此詩及訪落皆謂武王爲昭考。此乃言王率諸侯以祭武王廟也

以介眉壽。永言保之。思皇多祜。後五反烈

文辟公。綏以多福。俾緝熙于純嘏。叶音古

思。語辭。皇。大也。美也。〇又言壽考以介眉壽。而受多福。是皆諸侯助祭有以致之。使我得繼而明之以至於純嘏也。蓋歸德于諸侯之詞。猶烈文之意也。

載見一章十四句

有客有客。亦白其馬。叶滿補反 有萋有且。七序反

敦都回反琢其旅

賦也。客。微子也。周既滅商。封微子於宋以祀其先王。而以客禮待之。不敢臣也。亦。語辭也。殷尚白。修其禮物。仍殷之舊也。萋且未詳。傳曰敬慎貌。敦琢。選擇也。旅。其卿大夫從行者也。〇此微子來見祖廟之詩。而此一節言其始至也。

有客宿宿。有客信信。言授之縶。陟立反 以縶其馬。同上

一宿曰宿。再宿曰信。縶其馬。愛之不欲其去也。此一節言其將去也。

薄言追之。左右綏之。既有淫威。降福孔夷。

追之。已去而復還之。愛之無已也。左右綏之。言所以安而留之者無方也。淫威未詳。舊說淫。大也。統承先王。用天子禮樂。所謂淫威也。夷。易也。大也。此一節言其留之也。

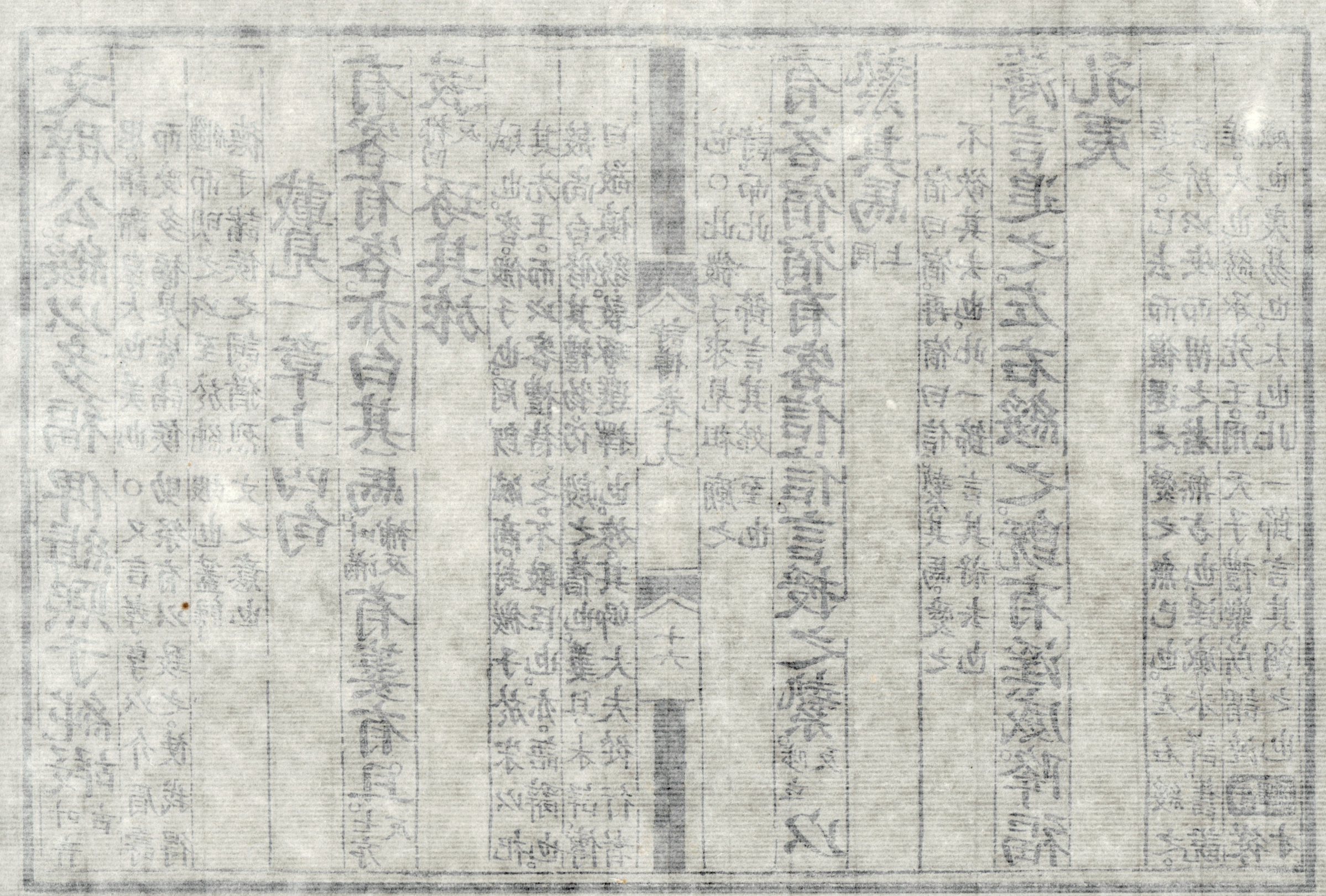

用反。見，賢遍反。易，去聲。

有客一章十二句

於音烏皇武王，無競維烈。允文文王，克開厥後。嗣武受之，勝殷遏劉，耆音指定爾功。

賦也。於，歎辭。皇，大。遏，止。劉，殺。耆，致也。○周公象武王之功，爲大武之樂。言武王無競之功，實文王開之，而武王嗣而受之，勝殷止殺，以致定其功也。

武一章七句

也。○此微子來見祖廟之詩，而此一節言其始至也。

有客宿宿，有客信信。言授之縶，陟立反以縶其馬。同上

一宿曰宿，再宿曰信。縶其馬，愛之不欲其去也。此一節言其將去也。

薄言追之，左右綏之。既有淫威，降福孔夷。

追之，已去而復還之，愛之無已也。左右綏之，言所以安而留之者無方也。淫威，未詳。舊說：淫，大也。統承先王，用天子禮樂，所謂淫威也。夷，易也，大也。此一節言其留之也。

音釋　從　寸

用反。見，賢遍反。易，去聲。

有客一章十二句

於音烏皇武王。無競維烈。允文文王。克開厥後。嗣武受之。勝殷遏劉。耆音指定爾功。

賦也。於，歎辭。皇，大。遏，止。劉，殺。耆，致也。○周公象武王之功，爲大武之樂。言武王無競之功，實文王開之，而武王嗣而受之。勝殷止殺，以致定其功也。

武一章七句

春秋傳以此爲大武之首章也。大武，周公象武王武功之舞，歌此詩以奏之。禮曰：朱干玉戚，冕而舞大武。然傳以此詩爲武王所作，則篇內已有武王之謚，而其說誤矣。

臣工之什十篇十章一百六句

周頌閔予小子之什四之三

閔予小子。遭家不造。叶祖候反嬛嬛其傾反在疚。音救於音烏乎音呼皇考。叶祛候反永世克孝。叶呼候反

賦也。成王免喪，始朝于先王之廟，而作此詩也。閔，病也。予小子，成王自稱也。造，成也。嬛，與

此詩以道延訪羣臣之意。言我將謀之於始以循我昭考武王之道。然而其道遠矣。予不能及也。將使予勉強以就之。而所以繼之者猶恐其判渙而不合也。則亦繼其上下於庭陟降於家。庶幾賴皇考之休有以保明吾身而已矣。【音釋】朝音潮。強巨兩反

訪落一章十二句

說同上篇

敬之敬之。天維顯思叶新夷反命不易以豉反哉。無曰高高在上。陟降厥士。日監在叶獎黎反茲叶津之反

賦也。顯。明也。思。語辭也。士。事也。○成王受羣臣之戒而述其言曰。敬之哉敬之哉。天道甚明。其命不易保也。無謂其高而不吾察。當知其聰明明畏。常若陟降於吾之所為。而無日不臨監于此者。不可以不敬也。

維予小子叶獎里反。不聰敬止。日就月將。學有緝熙于光明叶謨郎反。佛符弗反。又音弼時仔音茲肩。示我顯德行下孟反。叶戶郎反

將。進也。佛。弼通。仔肩。任也。○此乃自為答之之言曰。我不聰而未能敬也。然願學焉。庶幾日有所就。月有所進。續而明之。以至于光明。又賴羣臣輔助我所負荷之任。而示我以顯

明之德行。則庶乎其可及爾[音釋]猗。合可何佐二反

敬之一章十二句

予其懲。直升反而毖後患。莫予荓普經反蜂。自求辛螫。施隻反肇允彼桃蟲。拚芳煩反飛維鳥。未堪家多難。乃旦反予又集于蓼。音了

賦也。懲。有所傷而知戒也。毖。愼。荓。使也。蜂。小物而有毒。肇。始。允。信也。桃蟲。鷦鷯。小鳥也。拚飛貌。鳥。大鳥也。鷦鷯之雛化而爲鵰。故古語曰鷦鷯生鵰。言始小而終大也。蓼。辛苦之物也。○此亦訪落之意。成王自言予何所懲。而謹後患乎。荓蜂而得辛螫。信桃蟲而不知其能爲大鳥。此其所當懲者。蓋指管蔡之事也。然我方幼沖。未堪多難。而又集于辛苦之地。羣臣奈何捨我而弗助哉

小毖一章八句

蘇氏曰。小毖者。謹之於小也。謹之於小。則大患無由至矣

載芟載柞。側百反叶疾各反其耕澤澤。音釋叶徒洛反

賦也。除草曰芟。除木曰柞。秋官柞氏掌攻草木是也。澤澤。解散也

千耦其耘。徂隰徂畛。音眞

耘。去苗間草也。隰。爲田之處也。畛。田畔也

侯主侯伯侯亞侯旅侯彊侯以有嗿(他感反)其饁(于輒反)思媚其婦有依其士(叶與以反)有略其耜(叶養里反)俶載南畝(叶滿委反)

主家長也伯長子也亞仲叔也旅衆子弟也彊民之有餘力而來助者遂人所謂以彊予任甿者也能左右之曰以太宰所謂閒民轉移執事者若今時傭力之人隨主人所左右者也嗿衆飲食聲也媚順依愛士夫也言餉婦與耕夫相慰勞也略利俶始載事也

播厥百穀實函斯活(叶呼酷反)

函含活生也既播之其實含氣而生也

驛驛其達(叶他悅反)有厭其傑

驛驛苗生貌達出土也厭受氣足也傑先長者也

厭厭其苗緜緜其麃(表驕反)

緜緜詳密也麃耘也

載穫濟濟(子禮反)有實其積(子賜反叶上聲)萬億及秭爲酒爲醴烝畀祖妣以洽百禮

濟濟人衆貌實積之實也積露積也

有飶(蒲即反)其香邦家之光有椒其馨胡

考之寧

飶。芬香也。未詳何物。胡壽也。以燕享賓客。則邦家之所以光也。以共養耆老。則胡考之所以安也

匪且有且。匪今斯今。叶音經振古如茲。無韻未詳

且。此。振。極也。言非獨此處有此稼穡之事。非獨今時有今豐年之慶。蓋自極古以來已如此矣。猶言自古有年也

〔音釋〕解。音蟹。去。丘呂反。長。知丈反。閒。音閑。勞。去聲。共。音恭。養。去聲

載芟一章三十一句

此詩未詳所用。然辭意與豐年相似。其用應亦不殊

畟畟楚側反良耜。叶養里反俶尺叔反載南畝。叶滿委反

賦也。畟畟。嚴利也

播厥百穀。實函斯活。叶呼酷反

說見前篇

或來瞻女。音汝載筐及筥。其饟式亮反伊黍。

或來瞻女。婦子之來饁者也。筐。筥。饟具也

其笠伊糾。叶其了反其鎛音博斯趙。直了反以薅呼毛反

荼蓼

糾然，笠之輕舉也。趙，刺；薅，去也。荼，陸草；蓼，水草。二物而有水陸之異也。今南方人猶謂蓼爲辣荼，或用以毒溪取魚，即所謂荼毒也。

荼蓼朽止，黍稷茂止。（叶莫口反）

（毒草朽，則土熱而苗盛。）

穫之挃挃（珍栗反），積之栗栗。其崇如墉，其比（毗志反）如櫛（側瑟反），以開百室。

（挃挃，穫聲也。栗栗，積之密也。櫛，理髮器，言密也。百室，一族之人也。五家爲比，五比爲閭，四閭爲族，族人輩作相助，故同時入穀也。）

百室盈止，婦子寧止。

（盈，滿；寧，安也。）

殺時犉（如純反）牡，有捄（音求）其角（叶盧谷反）。以似以續，續古之人。（無韻未詳）

（黃牛黑脣曰犉。捄，曲貌。續，謂續先祖以奉祭祀。）

音釋　刺，七亦反。去，起呂反。辣，盧達反。

良耜一章二十三句

或疑思文、臣工、噫嘻、豐年、載芟、良耜等篇，即所謂豳頌者，其詳見於豳風及大

田篇之末。亦未知其是否也

絲衣其紑(孚浮反)載弁俅俅(音求)自堂徂基。自羊徂牛。鼐(乃代反)鼎及鼒(叶津之反)兕觵其觩(音求)旨酒思柔(音求)不吳(音話)不敖(音傲)胡考之休

賦也。絲衣、祭服也。紑、潔貌。載、戴也。弁、爵弁也。士祭於王之服。俅俅、恭順貌。基、門塾之基。鼐、大鼎。鼒、小鼎也。思、語辭。柔、和也。吳、譁也。○此亦祭而飲酒之詩。言此服絲衣爵弁之人、升門堂、視壺濯籩豆之屬、降往於基、告濯具。又視牲從羊至牛、反告充。已乃舉鼎冪告潔。禮之次也。又能謹其威儀、不諠譁、不怠傲。故能得壽考之福。

音釋　冪(莫歷反)

絲衣一章九句

比詩。或紑俅牛觩柔休並叶基韻。或基鼒並叶紑韻

於(音烏)鑠(式灼反)王師。遵養時晦。時純熙矣。是用大介。我龍受之。蹻蹻(居表反)王之造。載(叶祖候反)用有嗣(叶音祠)實維爾公允師

賦也。於、歎辭。鑠、盛。遵、循。熙、光。介、甲也。所謂一戎衣也。龍、寵也。蹻蹻、武貌。造、為。載、則。公、事。允、信也。○此亦頌武王之詩。言其初有於鑠之師、而不用、退自循養、與時皆晦。既純光矣、然

後一戎衣而天下大定。後人於是寵而受此蹻蹻然王者之功。其所以嗣之者，亦維武王之事是師爾。

酌一章八句

酌，即勺也。內則十三舞勺，即以此詩爲節而舞也。然此詩與賚般皆不用詩中字名篇，疑取樂節之名。如曰武宿夜云爾。【音釋】祭統，舞莫重於武宿夜。武宿夜即大武之樂。武王伐紂至於商郊，停宿士卒，夜歌，故名。

綏萬邦。屢力注反豐年。天命匪解。佳賣反桓桓武王，保有厥士。于以四方，克定厥家。於音烏昭于天，皇以間之。

賦也。綏，安也。桓桓，武貌。大軍之後，必有凶年。而武王克商，則除害以安天下，故屢獲豐年之祥。傳所謂周饑，克殷而年豐是也。然天命之於周，久而不厭也。故此桓桓之武王，保有其士而用之於四方，以定其家。其德上昭于天也。間字之義未詳。傳曰：間，代也。言君天下以代商也。此亦頌武王之功。

桓一章九句

春秋傳以此爲大武之六章，則今之篇次蓋已失其舊矣。又篇內已有武王之謚，則其謂武王時作者，亦誤矣。序以爲講武類禡之詩，豈後世取其義而用之

於其事也歟【音釋】類禡。鄭氏云。皆師祭也。

文王既勤止。我應受之。敷時繹思。我徂維求定。時周之命。於(音烏)繹思

賦也。應。當也。敷。布。時。是也。繹。尋繹也。於。歎辭。繹思。尋繹而思念也。○此頌文武之功。而言其大封功臣之意也。言文王之勤勞天下至矣。其子孫受而有之。然而不敢專也。布此文王功德之在人而可繹思者。以賚有功。而往求天下之安定。又以爲凡此皆周之命。而非復商之舊矣。遂歎美之。而欲諸臣受封賞者繹思文王之德而不忘也

賚一章六句

春秋傳以此爲大武之三章。而序以爲大封於廟之詩。說同上篇

於(音烏)皇時周。陟其高山。嶞(吐果反)山喬嶽。允猶翕(許及反)河。敷天之下。裒(蒲侯反)時之對。時周之命

賦也。高山。泛言山耳。嶞。則其狹而長者。喬。高也。嶽。則其高而大者。允猶未詳。或曰。允。信也。猶與由同。翕河。河善泛溢。今得其性。故翕而不爲暴也。裒。聚也。對。答也。言美哉此周也。其巡守而登此山以柴望。又道於河以周四嶽。凡以敷天之下莫不有望於我。故聚而朝之方嶽之下以答其意耳

般一章七句

般音盤　般義未詳

閔予小子之什十一篇一百三十六句

詩卷之十九

詩卷之二十

朱熹集傳

魯頌四之四

魯少皥之墟。在禹貢徐州蒙羽之野。成王以封周公長子伯禽。今襲慶東平府沂密海等州。即其地也。成王以周公有大勳勞於天下。故賜伯禽以天子之禮樂。魯於是乎有頌以爲廟樂。其後又自作詩以美其君。亦謂之頌。舊說皆以爲伯禽十九世孫僖公申之詩。今無所考。獨閟宮一篇爲僖公之詩無疑耳。夫以其詩之僭如此。然夫子猶錄之者。蓋其體固列國之風。而所歌者乃當時之事。

則猶未純於天子之頌。若其所歌之事。又皆有先王禮樂教化之遺意焉。則其文疑若猶可予也。況夫子魯人。亦安得而削之哉。然因其實而著之。而其是非得失自有不可揜者。亦春秋之法也。或曰。魯之無風何也。先儒以爲時王襃周公之後。比於先代。故巡守不陳其詩。而其篇第不列於大師之職。是以宋魯無風。其或然與。或謂夫子有所諱而削之。則左氏所記當時列國大夫賦詩。及吳季子觀周樂。皆無曰魯風者。其說不得通矣

駉駉古熒反牡馬。叶滿補反在坰古熒反之野。叶上與反薄言駉者。叶章與反有驈戶橘反有皇有驪力知反有黃以

車彭彭叶鋪郎反思無疆思馬斯臧

賦也。駉駉，腹幹肥張貌。邑外謂之郊，郊外謂之牧，牧外謂之野，野外謂之林，林外謂之坰。驪馬白跨曰驈，黃白曰皇，純黑曰驪，黃騂曰黃。彭彭，盛貌。思無疆，言其思之深廣無窮也。臧，善也。○此詩言僖公牧馬之盛，由其立心之遠，故美之曰，思無疆則思馬斯臧矣。衛文公秉心塞淵而騋牝三千，亦此意也。【音釋】腹，謂馬肚。幹，謂馬脅。跨，謂髀間所跨據之處。白跨，髀間白也。跨，苦化反。髀，音陛。

○駉駉牡馬，在坰之野。薄言駉者，有騅音隹有駓符悲反，有騂有騏，以車伾伾符不反。思無期，思馬斯才叶前西反。

賦也。倉白雜毛曰騅，黃白雜毛曰駓，赤黃曰騂，青黑曰騏。伾伾，有力也。無期，猶無疆也。才，材力也。

○駉駉牡馬，在坰之野。薄言駉者，有驒徒河反有駱有駵音留，有雒以車繹繹叶弋灼反。思無斁叶弋灼反，思馬斯作。

賦也。青驪驎曰驒，色有深淺，斑駁如魚鱗，今之連錢驄也。白馬黑鬣曰駱，赤身黑鬣曰駵，黑身白鬣曰雒。繹繹，不絕貌。斁，厭也。作，奮起也。【音釋】驎，良忍、良刃二反。

○駉駉牡馬，在坰之野。薄言駉者，有駰（音因）有騢（音遐。叶洪孤反。）有驔（音簟）有魚，以車祛祛（起居反）。思無邪（叶祥余反），思馬斯徂。

賦也。陰白雜毛曰駰。陰，淺黑色，今泥驄也。彤白雜毛曰騢。豪骭曰驔。毫在骭而白也。二目白曰魚。似魚目也。祛祛，彊健也。徂，行也。孔子曰：詩三百，一言以蔽之，曰思無邪。蓋詩之言美惡不同，或勸或懲，皆有以使人得其情性之正。然其明白簡切，通于上下，未有若此言者。故特稱之，以爲可當三百篇之義，以其要爲不過乎此也。學者誠能深味其言，而審於念慮之間，必使無所思而不出於正，則日用云爲莫非天理之流行矣。蘇氏曰：昔之爲詩者，未必知此也。孔子讀詩至此，而有合於其心焉，是以取之，蓋斷章云爾。【釋言】骭，戶晏反

駉四章，章八句。

有駜（蒲必反）有駜，駜彼乘黃（繩證反）。夙夜在公，在公明明（叶謨郎反）。振振鷺，鷺于下（叶後五反）。鼓咽咽（烏玄反），醉言舞。于胥樂（音洛）兮。

興也。駜，馬肥強貌。明明，辨治也。振振，羣飛貌。鷺，鷺羽，舞者所持，或坐或伏，如鷺之下也。咽咽，鼓聲之深長也。或曰：鷺亦興也。胥，相也。醉而起舞，以相樂也。此燕飲而頌禱之詞也。

○有駜有駜。駜彼乘牡。夙夜在公。在公飲酒。振振鷺。鷺于飛。鼓咽咽。醉言歸。于胥樂兮

興也。鷺于飛。舞者振作鷺羽如飛也。

○有駜有駜。駜彼乘駽。呼縣反 夙夜在公。在公載燕。自今以始。歲其有。叶羽已反 君子有穀。詒孫子。叶奬里反 于胥樂兮

興也。青驪曰駽。今鐵驄也。載則也。有年也。穀善也。或曰祿也。貽遺也。頌禱之辭也

音釋

遺。去聲

有駜三章章九句

思樂泮水。薄采其芹。其斤反 魯侯戾止。言觀其旂。叶其斤反 其旂茷茷。蒲害反 鸞聲噦噦。呼會反 無小無大。從公于邁

賦其事以起興也。思發語辭也。泮水泮宮之水也。諸侯之學鄉射之宮。謂之泮宮。其東西南方有水形如半璧。以其半於辟廱。故曰泮水。而宮亦以名也。芹水菜也。戾至也。茷茷飛揚也。噦噦和也。此飲於泮宮而頌禱之詞也

○思樂泮水。薄采其藻。魯侯戾止。其馬蹻蹻。居表反其馬蹻蹻。其音昭昭。叶之繞反載色載笑。匪怒伊教。

賦其事以起興也。蹻蹻。盛貌。色。和顏色也。

○思樂泮水。薄采其茆。叶謨九反魯侯戾止。在泮飲酒。既飲旨酒。永錫難老。叶魯吼反順彼長道。叶徒吼反屈此群醜。

賦其事以起興也。茆。鳧葵也。葉大如手。赤圓而滑。江南人謂之蓴菜者也。長道。猶大道也。

屈。服。醜。衆也。此章以下。皆頌禱之詞也。茆音卯

○穆穆魯侯。敬明其德。敬愼威儀。維民之則。允文允武。昭假音格烈祖。靡有不孝。自求伊祜。叶侯五反

賦也。昭。明也。假。與格同。烈祖。周公魯公也。

○明明魯侯。克明其德。既作泮宮。淮夷攸服。叶蒲北反矯矯虎臣。在泮獻馘。古獲反叶況璧反淑問如臯陶。在泮獻囚。叶夷周反

賦也。蹻蹻武貌。馘所格者之左耳也。淑善也。
問訊囚也。囚所虜獲者。蓋古者出兵受成於
學。及其反也。釋奠於學而以訊馘告。故
詩人因魯侯在泮而願其有是功也

○濟濟子禮反多士。克廣德心。桓桓于征。
狄他歷反彼東南。叶尼心反烝烝皇皇。不吳音話不
揚。不告于訩。音凶在泮獻功

賦也。廣推而大之也。德心善意也。狄猶逷也。
東南謂淮夷也。烝烝皇皇盛也。不吳不揚肅
也。不告于訩師克
而和不爭功也

○角弓其觩。音求束矢其搜。色留反戎車孔
博。徒御無斁。叶弋灼反既克淮夷。孔淑不逆。
式固爾猶。叶宜脚反淮夷卒獲。叶黄郭反

賦也。觩弓健貌。五十矢爲束。或曰。百矢也。搜
矢疾聲也。博廣大也。無斁言競勸也。逆違命
也。蓋能審固其謀猶。
則淮夷終無不獲矣

○翩彼飛鴞。呼驕反集于泮林。食我桑黮。
尸荏反懷我好音。憬九永反彼淮夷。來獻其琛。
敕金反元龜象齒。大賂南金

興也。鴞惡聲之鳥也。黮桑實也。憬覺悟也。琛
寶也。元龜尺二寸。賂遺也。南金荊揚之金也

此章前四句興後四句如行葦首章之例也

音釋

遺于醉反

泮水八章章八句

閟筆位反宮有侐況域反實實枚枚赫赫姜嫄音元其德不回上帝是依叶音偎無災無害彌月不遲叶陳回反是生后稷降之百福叶筆力反黍稷重直龍反穋音六叶六直反稙徵力反穉菽麥叶訖力反奄有下國叶于逼反俾民稼穡有稷有黍有稻有秬求許反奄有下土纘禹之緒象呂反

賦也。閟，深閉也。宮，廟也。侐，清靜也。實實，鞏固也。枚枚，礱密也。時蓋修之，故詩人歌詠其事以爲頌禱之詞，而推本后稷之生，而下及于僖公耳。回，邪也。依，猶眷顧也。說見生民篇。先種曰稙，後種曰穉。奄有下國，封於邰也。緒，業也。禹治洪水既平，后稷乃始播百穀。

○后稷之孫實維大王音泰居岐之陽實始翦商至于文武纘大王之緒致天之屆于牧之野叶上與反無貳無虞上帝臨女音汝敦都回反商之旅克咸厥功叶居古反王曰叔父扶雨反建爾元子叶子古反俾侯于魯大

啓爾宇。爲周室輔。扶雨反
賦也。翦。斷也。大王自豳徙居岐陽。四方之民咸歸往之。於是而王迹始著。蓋有翦商之漸矣。屆。極也。猶言窮極也。虞。慮也。無貳無虞。上帝臨女。猶大明云上帝臨女無貳爾心也。敦。治之也。咸。同也。言輔佐之臣同有其功。而周公亦與焉也。王。成王也。叔父。周公也。元子。魯公伯禽也。啓。開。宇。居也。

○乃命魯公。俾侯于東。錫之山川。土田附庸。周公之孫。莊公之子。叶奬里反龍旂承祀。叶養里反六轡耳耳。春秋匪解。音懈。叶訖力反享祀不忒。皇皇后帝。皇祖后稷。享以騂犧。虛宜虛何二反是饗是宜。牛奇牛何二反降福既多。章移當何二反周公皇祖。亦其福女。[illegible]

賦也。附庸。猶屬城也。小國不能自達於天子。而附於大國也。上章既告周公以封伯禽之意。此乃言其命魯公而封之也。莊公之子。其一閔公。其一僖公。知此是僖公者。閔公在位不久。未有可頌。此必是僖公也。耳耳。柔從也。春秋。錯舉四時也。忒。過差也。皇祖。周公有大功於王室。故命魯公以夏正孟春郊祀上帝。配以后稷。牲用騂牡。皇祖。謂羣公。此章以後。皆言僖公致敬郊廟。而神降之福。國人稱願之如此也。

○秋而載嘗。夏而楅衡。(叶戶郎反)白牡騂剛。犧尊將將。(七羊反)毛炰(薄交反)胾(側吏反)羹。(叶盧當反)籩豆大房。(此下當脫一句。如鍾鼓喤喤之類)萬舞洋洋。孝孫有慶。(叶祛羊反)俾爾熾而昌。俾爾壽而臧。保彼東方。魯邦是常。不虧不崩。不震不騰。三壽作朋。如岡如陵。

賦也。嘗，秋祭名。楅衡，施於牛角，所以止觸也。周禮封人云：凡祭飾其牛牲，設其楅衡是也。秋將嘗而夏楅衡其牛，言夙戒也。白牡，周公之牲也。騂剛，魯公之牲也。白牡，殷牲也。周公有王禮，故不敢與文武同。魯公則無所嫌，故用騂剛。犧尊，畫牛於尊腹也。或曰：尊作牛形，鑿其背以受酒也。毛炰，周禮封人祭祀有毛炰之豚。注云：爓去其毛而炰之也。胾，切肉也。羹，大羹、鉶羹也。大羹，太古之羹，湆煑肉汁不和，盛之以登，貴其質也。鉶羹，肉汁之有菜和者也，盛之鉶器，故曰鉶羹。大房，半體之俎，足下有跗，如堂房也。萬，舞名。震、騰，驚動也。三壽未詳。鄭氏曰：三卿也。或曰：願公壽與岡陵等而爲三也。

【音釋】畫，胡卦反。爓，似鹽反。湯中瀹肉。去，起呂反。大，音泰。鉶，音刑。湆，音泣。和，胡臥反。盛，音成。豋，瓦豆謂之登。跗，方于反。

○公車千乘。(繩證反，叶神陵反)朱英綠縢。(徒登反)二矛重弓。(直龍反，叶姑弘反)公徒三萬。貝冑朱綅。(息廉反，叶息稜反)

烝徒增增，戎狄是膺，荆舒是懲，則莫我敢承。俾爾昌而熾，俾爾壽而富。（叶方未反）黃髮台背，（叶蒲寐反）壽胥與試。俾爾昌而大，（叶特計反）俾爾耆而艾。（五蓋反，叶五計反）萬有千歲，眉壽無有害。（叶暇憩反）

賦也。千乘，大國之賦也。成方十里，出革車一乘，甲士三人，左持弓，右持矛，中人御，步卒七十二人，將重車者二十五人。千乘之地，則三百十六里有奇也。朱英，所以飾矛。綠縢，所以約弓也。二矛，夷矛、酋矛也。重弓，備折壞也。徒，步卒也。三萬，舉成數也。車千乘，法當用十萬人，而爲步卒者七萬二千人。然大國之賦適滿千乘，苟盡用之，是舉國而行也。故其用之，大國三軍而已。三軍爲車三百七十五乘，三萬七千五百人，其爲步卒不過二萬七千人。舉其中而以成數言，故曰三萬也。貝冑，貝飾冑也。朱綅，所以綴也。增增，衆也。戎，西戎。狄，北狄。膺，當也。荆，楚之别號。舒，其與國也。懲，艾。承，禦也。僖公嘗從齊桓公伐楚，故以此美之，而祝其昌大壽考也。壽胥與試之義未詳。王氏曰：壽考者相與爲公用也。蘇氏曰：願其壽而相與試其才力以爲用也。

○泰山巖巖，（叶魚欣反）魯邦所詹。奄有龜蒙，遂荒大東，至于海邦。（叶卜工反）淮夷來同，莫

不率從魯侯之功

賦也。泰山，魯之望也。詹與瞻同。龜蒙，二山名。荒，奄也。大東，極東也。海邦，近海之國也。

○保有鳧繹（叶弋灼反）遂荒徐宅（叶達各反）至于海邦淮夷蠻貊（叶莫博反）及彼南夷莫不率從莫敢不諾魯侯是若

賦也。鳧繹，二山名。宅，居也。謂徐國也。諾，應辭。若，順也。○泰山、龜蒙、鳧繹，魯之所有。其餘則國之東南勢相連屬，可以服從之國也。【音釋】應，去聲。屬，之玉反。卒章同。

○天錫公純嘏（叶果五反）眉壽保魯居常與許復周公之宇魯侯燕喜令妻壽母（叶滿委反）宜大夫庶士（叶鉏里反）邦國是有（叶羽已反）既多受祉黃髮兒齒

賦也。常，或作嘗，在薛之旁。許，許田也。魯朝宿之邑也。皆魯之故地，見侵於諸侯而未復者，故魯人以是願僖公也。令妻，令善之妻，聲姜也。壽母，壽考之母，成風也。閔公八歲被弒，必是未娶，其母叔姜亦應未老。此言令妻壽母，又可見公爲僖公無疑也。有，常有也。兒齒，齒落更生細者，亦壽徵也。

○徂來之松新甫之栢（叶逋莫反）是斷（音短）是

度（待洛反）是尋是尺（叶尺約反）松桷（音角）有舄（叶七約反）路寢孔碩（叶常約反）新廟奕奕（叶弋灼反）奚斯所作孔曼且碩（音萬上同）萬民是若

賦也。徂來、新甫，二山名。八尺曰尋。舄，大貌。路寢，正寢也。新廟，僖公所修之廟。奚斯，公子魚也。作者，教護屬功課章程也。曼，長。碩，大也。萬民是若，順萬民之望也。

閟宮九章五章章十七句（內第四章脫一句）二章章八句二章章十句

舊說八章，二章章十七句，一章章十二句，一章章三十八句，二章章八句，二章章十句。多寡不均，雜亂無次，蓋不知第四章有脫句而然。今正其誤。

魯頌四篇二十四章二百四十十三句

商頌四之五

契爲舜司徒而封於商，傳十四世而湯有天下。其後三宗迭興，及紂無道，爲武王所滅，封其庶兄微子啓於宋，脩其禮樂以奉商後。其地在禹貢徐州泗濱，西及豫州盟豬之野。其後政衰，商之禮樂日以放失。七世至戴公時，大夫正考甫得商頌十二篇於周大師，歸以祀其先王。至孔子編詩而又亡其七篇，然其存

者亦多闕文疑義。今不敢強通也。商都亳、宋都商丘。皆在今應天府亳州界

【音釋】盟音孟。爾雅作孟諸。張其兩反

猗於宜反與音余那與與。置我鞉音桃鼓。奏鼓簡簡衎我烈祖

賦也。猗歎詞。那多。置陳也。簡簡和大也。衎樂也。烈祖湯也。記曰。商人尚聲。臭味未成。滌蕩其聲。樂三闋然後出迎牲。即此是也。舊說以此爲祀成湯之樂也

湯孫奏假音格綏我思成。鞉鼓淵淵叶於巾反嘒嘒管聲。既和且平。依我磬聲。於音烏赫湯孫叶思倫反穆穆厥聲

湯孫。主祀之時王也。假與格同。言奏樂以格于祖考也。綏安也。思成未詳。鄭氏曰。安我以所思而成之人。謂神明來格也。禮記曰。齊之日。思其居處。思其笑語。思其志意。思其所樂。思其所嗜。齊三日。乃見其所爲齊者。祭之日。入室僾然必有見乎其位。周旋出戶。肅然必有聞乎其容聲。出戶而聽。愾然必有聞乎其歎息之聲。此之謂思成。蘇氏曰。其所見聞。本非有也。生於思耳。此二說近是。蓋齊而思之。祭而如有見聞。則成此人矣。鄭注頗有脫誤。今正之。淵淵。深遠也。嘒嘒。清亮也。磬。玉磬也。堂上升歌之樂。非石磬也。穆穆。美也

庸鼓有斁。萬舞有奕。我有嘉客。亦不

夷懌

庸鏞通。斁斁然盛也。奕奕然有次序也。蓋上文言鞉鼓管籥作於堂下。其聲依堂上之玉磬。無相奪倫者。至於此。則九獻之後。鐘鼓交作。萬舞陳于庭。而祀事畢矣。嘉客。先代之後來助祭者也。夷。悅也。亦不夷懌乎。言皆悅懌也。

自古在昔。先民有作。溫恭朝夕。執事有恪。

恪。敬也。言恭敬之道。古人所行。不可忘也。閔馬父曰。先聖王之傳恭。猶不敢專。稱曰自古。古曰在昔。昔曰先民。

顧予烝嘗。湯孫之將

將。奉也。言湯其尚顧我烝嘗哉。此湯孫之所奉者。致其丁寧之意。庶幾其顧之也。

音釋

衎。苦旦反。衎。樂之。樂音洛。閔。苦穴反。齊。側皆反。所樂之樂。五孝反。爲。于僞反。懓。音愛。愾。開代反。

那一章二十二句

閔馬父曰。正考甫校商之名頌。以那爲首。其輯之亂曰云云。即此詩也。

音釋

名頌之美也。輯。成也。凡作篇章。義既成。撮其大要以爲亂辭。

嗟嗟烈祖。有秩斯祜。候五反 申錫無疆[illegible]。及

爾斯所

賦也。烈祖，湯也。秩，常。申，重也。爾，主祭之君，蓋自歌者指之也。斯所，猶言此處也。○此亦祀成湯之樂。言嗟嗟烈祖，有秩秩無窮之福，可以申錫於無疆，是以及於爾今王之所，而脩其祭祀，如下所云也。

既載清酤，叶候五反賚我思成。叶音常亦有和羮，叶音郎既戒既平。叶音旁鬷中庸作奏，今從之假音格無言，叶音昂時靡有爭。叶音章綏我眉壽，黃耇無疆。

酤，酒。賚，與也。思成，義見上篇。和羮，味之調節也。戒，夙戒也。平，猶和也。儀禮於祭祀燕享之始，每言羮定，蓋以羮熟為節，然後行禮。定即戒平之謂也。鬷，中庸作奏，正與上篇義同。蓋古聲奏族相近，族聲轉平而為鬷耳。無言無爭，肅敬而齊一也。言其載清酤而既與我以思成矣，及進和羮而肅敬之至，則又安我以眉壽黃耇之福也。

約軝祈支反錯衡，叶户郎反八鸞鶬鶬。七羊反以假音格以享。叶虛良反我受命溥將，自天降康，豐年穰穰。來假音格來饗，叶虛良反降福無疆。

約軝錯衡八鸞，見采芑篇。鶬鶬，見載見篇。言助祭之諸侯，乘是車以假以享于祖宗之廟也。溥，廣。將，大也。穰穰，多也。言我受命既廣大，而天降以豐年黍稷之多，使得以祭也。假之而

祖考來假。享之而祖考來享。則降福無疆矣。

顧予烝嘗。湯孫之將。

說見前篇。【音釋】定丁佞反

烈祖一章二十二句

天命玄鳥。降而生商。宅殷土芒芒。古帝命武湯。正域彼四方。

賦也。玄鳥。鳦也。春分玄鳥降。高辛氏之妃有娀氏女簡狄祈于郊禖。鳦遺卵。簡狄吞之而生契。其後世遂爲有商氏。以有天下。事見史記。宅。居也。殷。地名。芒芒。大貌。古。猶昔也。帝。上

帝也。武湯。以其有武德號之也。正。治也。域。封境也。○此亦祭祀宗廟之樂。而追敘商人之所由生。以及其有天下之初也。

方命厥后。奄有九有。商之先后。受命不殆。叶養里反在武丁孫子。叶獎里反

方命厥后。四方諸侯無不受命也。九有。九州也。武丁。高宗也。言商之先后受天命不危殆。故今武丁孫子猶賴其福。

武丁孫子。武王靡不勝。音升龍旂十乘。繩證反大糦尺志反是承。

武王。湯號。而其後世亦以自稱也。龍旂。諸侯所建交龍之旂也。大糦。黍稷也。承。奉也。○言武丁孫子今襲湯號者。其武無所不勝。於是諸侯無不奉黍稷以來助祭也

邦畿千里。維民所止。肇域彼四海。叶虎洧反

止。居。肇。開也。言王畿之內。民之所止不過千里。而其封域則極乎四海之廣也

四海來假。音格。下同 來假祁祁。景員維河。殷受命咸宜。叶牛何反 百祿是何。音荷叶如字

假。與格同。祁祁。衆多貌。景員維河之義未詳。或曰。景。山名。商所都也。見殷武卒章。春秋傳亦曰商湯有景亳之命。是也。員與下篇幅隕義同。蓋言周也。河。大河也。言景山四周皆大河也。何。任也。春秋傳作荷

【音釋】鳦。烏拔反　竟。與境同

玄鳥一章二十二句

濬哲維商。長發其祥。洪水芒芒。禹敷下土方。絕句。楚辭天問禹降省下土方。蓋用此語 外大國是疆。幅隕音員 既長。有娀息容反 方將。帝立子生商

賦也。濬。深。哲。知。長。久也。方。四方也。外大國。遠諸侯也。幅。猶言邊幅也。隕。讀作員。謂周也。有娀。契之母家也。將。大也。○言商世世有濬哲之君。其受命之祥。發見也久矣。方禹治洪水以外大國為中國之竟。而幅員廣大之時。有娀氏始大。故帝立其女之子。而造商室也。蓋

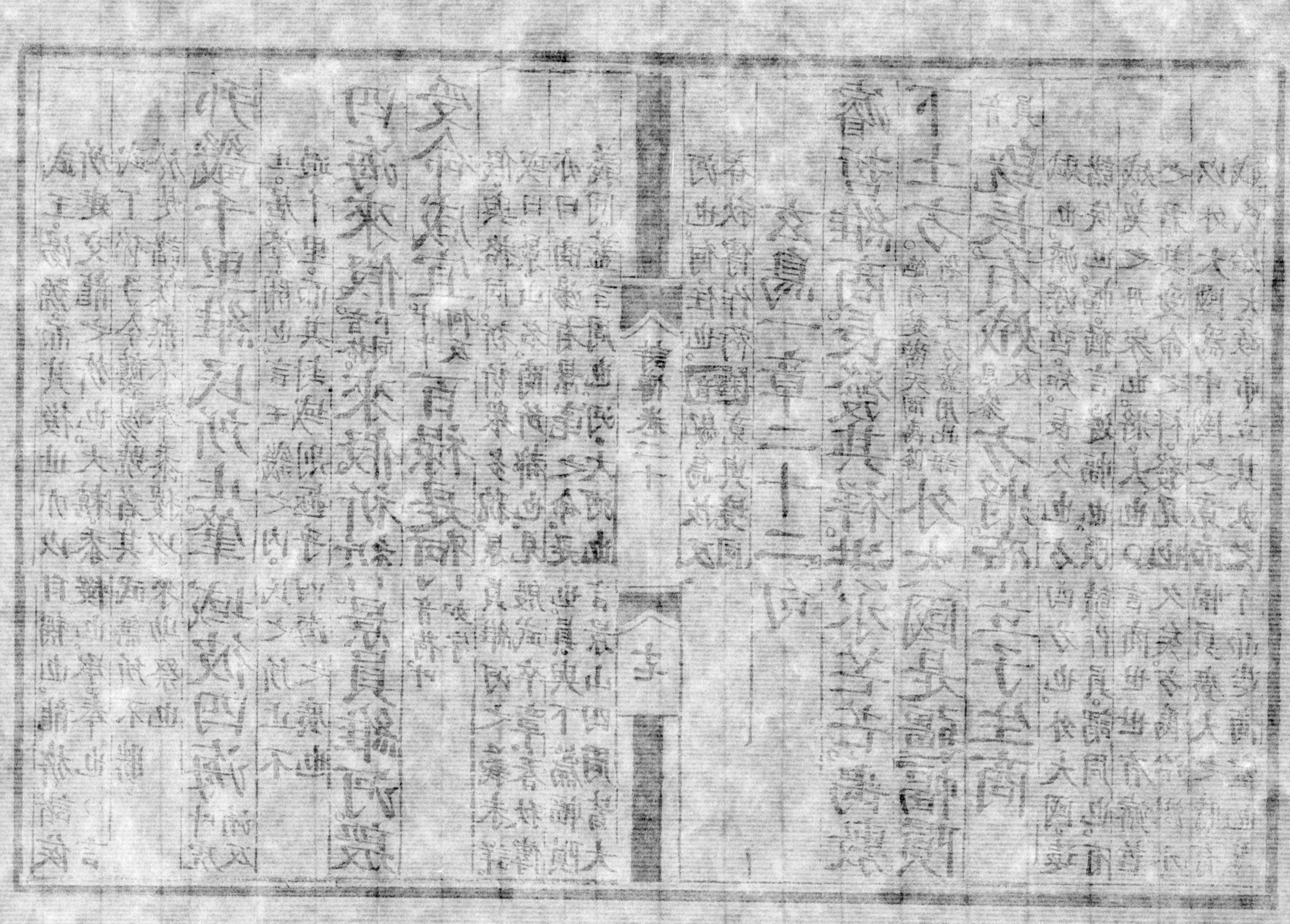

契於是時始爲舜司徒，掌布五教于四方，而商之受命實基於此。

音釋

知音智。見音現。竟境同。

玄王桓撥，叶必烈反。受小國是達，叶他說反。受大國是達。率履不越，遂視既發。叶方月反。相息亮反。土烈烈，海外有截。

賦也。玄王，契也。玄者，深微之稱。或曰以玄鳥降而生也。王者，追尊之號。桓，武。撥，治。達，通也。受小國大國無所不達，言其無所不宜也。率，循。履，禮。越，過。發，應也。言契能循禮不過越，遂視其民，則既發以應之矣。相土，契之孫也。截，整齊也。至是而商益大，四方諸侯歸之，截然整齊矣。其後湯以七十里起，豈嘗中衰也與。

帝命不違，至于湯齊。湯降不遲，聖敬日躋。子兮反。昭假音格。遲遲，上帝是祗。帝命式于九圍。

賦也。湯齊之義未詳。蘇氏曰：至湯而王業成，與天命會也。降，猶生也。遲遲，久也。祗，敬。式，法也。九圍，九州也。○商之先祖既有明德，天命未嘗去之，以至於湯。湯之生也，應期而降，適當其時。其聖敬又日躋升，以至昭假于天，久而不息，惟上帝是敬，故帝命之使爲法於九州也。

○受小球（音求）大球。為下國綴（張衛反）旒。（音流）何（音賀）天之休。不競不絿。（音求）不剛不柔。敷政優優。百祿是遒。（子由反）

賦也。小球大球之義。未詳。或曰。小國大國所贄之玉也。鄭氏曰。小球。鎮圭尺有二寸。大球。大圭三尺也。皆天子之所執也。下國。諸侯也。綴猶結也。旒旗之垂者也。言為天子而為諸侯所係屬。如旗之縿為旒所綴著也。何。荷。競。強。絿。緩也。優優。寬裕之意。遒。聚也。

［音釋］屬音燭。著。直略反。荷。上去二音。

○受小共（音恭叶居勇反）大共。為下國駿（音峻）厖。（莫邦反叶莫孔反）何天之龍。（叶力董反）敷奏其勇。不震不動。（叶德總反）不戁（奴版反）不竦。（小勇反）百祿是總。（子孔反）

賦也。小共大共駿厖之義。未詳。或曰。小國大國所共之貢也。鄭氏曰。共。執也。猶小球大球也。蘇氏曰。共。珙通。合珙之王也。傳曰。駿。大也。厖。厚也。董氏曰。齊詩作駿駹。謂馬也。龍。寵也。敷奏其勇。猶言大進其武功也。戁。竦。懼也。

［音釋］共。音拱。下同。珙亦同。駹。音厖。

○武王載旆。有虔秉鉞。（音越）如火烈烈。則莫我敢曷。（漢書作遏。阿葛反叶阿竭反）苞有三蘖。（五葛反叶五竭反）莫遂莫達。（叶他悅反）九有有截。韋顧既伐。（叶房越反）

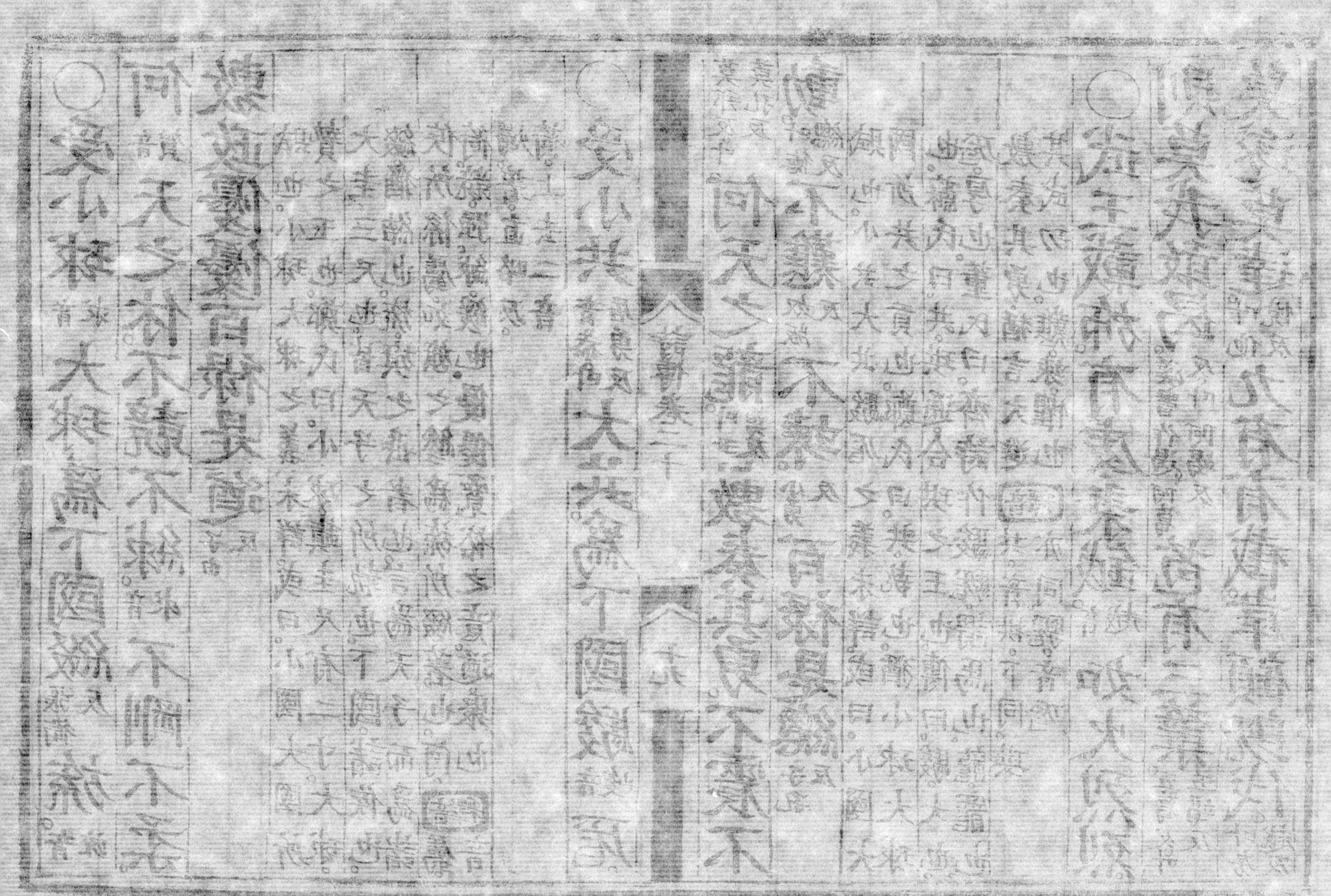

昆吾夏桀

賦也。武王湯也。虔敬也。言恭行天討也。曷遏通。或曰曷誰何也。苞本也。蘖旁生萌蘗也。言一本生三蘗也。本則夏桀。蘗則韋也。顧也。昆吾也。皆桀之黨也。鄭氏曰韋彭姓。顧昆吾己姓。○言湯既受命載旆秉鉞以征不義。桀與三蘗皆不能遂其惡。而天下截然歸商矣。初伐韋。次伐顧。次伐昆吾。乃伐夏桀。當時用師之序如此。

○昔在中葉有震且業允也天子（叶奬里反）降予卿士（叶鉏里反）實維阿衡（叶戶郎反）實左（音佐）右（音又）商王

賦也。葉世。震懼。業危也。承上文而言昔在則前乎此矣。豈謂湯之前世中衰時與。允信也。天子指湯也。降言天賜之也。卿士則伊尹也。言至於湯得伊尹而有天下也。阿衡伊尹官號也。

長發七章一章八句四章章七句一章九句一章六句

序以此為大禘之詩。蓋祭其祖之所出而以其祖配也。蘇氏曰。大禘之祭所及者遠。故其詩歷言商之先后。又及其卿士伊尹。蓋與祭於禘者也。商書曰。茲予大享于先王。爾祖其從與享之。是禮也豈其起於商之世歟。今按大禘不及羣

廟之主。此宜爲祫祭之詩然經無明文。不可考也

撻他達反彼殷武。奮伐荊楚。罙面規反入其阻。裒蒲侯反荊之旅。有截其所。湯孫之緒。象呂反

賦也。撻。疾貌。殷武。殷王之武也。罙。冒。裒。聚也。湯孫。謂高宗。○舊說以此爲祀高宗之樂。蓋自盤庚沒而殷道衰。楚人叛之。高宗撻然用武以伐其國。入其險阻以致其衆。盡平其地。使截然齊一。皆高宗之功也。易曰。高宗伐鬼方。三年克之。蓋謂此歟

○維女音汝荊楚。居國南鄉。昔有成湯。自彼氐都啼反羌。莫敢不來享。叶虛良反莫敢不

來王。曰商是常。

賦也。氐羌。夷狄國。在西方。享。獻也。世見曰王。○蘇氏曰。既克之。則告之曰。爾雖遠。亦居吾國之南耳。昔成湯之世。雖氐羌之遠。猶莫敢不來朝。曰此商之常禮也。況汝荊楚。曷敢不至哉

○天命多辟。音壁設都于禹之績。歲事來辟。勿予禍適。直革反稼穡匪解。音懈叶訖力反

賦也。多辟。諸侯也。來辟。來王也。適。讁通。○言天命諸侯各建都邑于禹所治之地。而皆以歲事來至于商。以祈王之不譴。曰。我之稼穡不敢解也。庶可以免咎矣。言荊楚既平而諸

侯畏服也

○天命降監(下與濫叶)下民有嚴(叶五剛反)不僭不濫。不敢怠遑。命于下國(叶越逼反)封建厥福(叶筆力反)

賦也。監。視。嚴。威也。僭。賞之差也。濫。刑之過也。遑。暇。封。大也。○言天命降監不在乎他。皆在民之視聽。則下民亦有嚴矣。惟賞不僭。刑不濫。而不敢怠遑。則天命之以天下而大建其福。此高宗所以受命而中興也

○商邑翼翼。四方之極。赫赫厥聲。濯濯厥靈。壽考且寧。以保我後生(叶桑經反)

賦也。商邑。王都也。翼翼。整敕貌。極。表也。赫赫。顯盛也。濯濯。光明也。言高宗中興之盛如此。壽考且寧云者。蓋高宗之享國五十有九年。我後生。謂後嗣子孫也

○陟彼景山。(叶所旃反)松柏丸丸。(叶胡員反)是斷(音短)是遷。方斲(陟角反)是虔。松桷(音角)有梴。(叶五連反)旅楹有閑。(叶胡田反)寢成孔安(叶於連反)

賦也。景山。山名。商所都也。丸丸。直也。遷。徙。方。正也。虔。亦截也。梴。長貌。旅。衆也。閑。閑然而大也。寢。廟中之寢也。安。所以安高宗之神也。此蓋特為百世不遷之廟。不在三昭三穆之數。既

成始祔而祭之之詩也。然此章與閟宮之卒章文意略同。未詳何謂

殷武六章三章章六句二章章七句一章五句

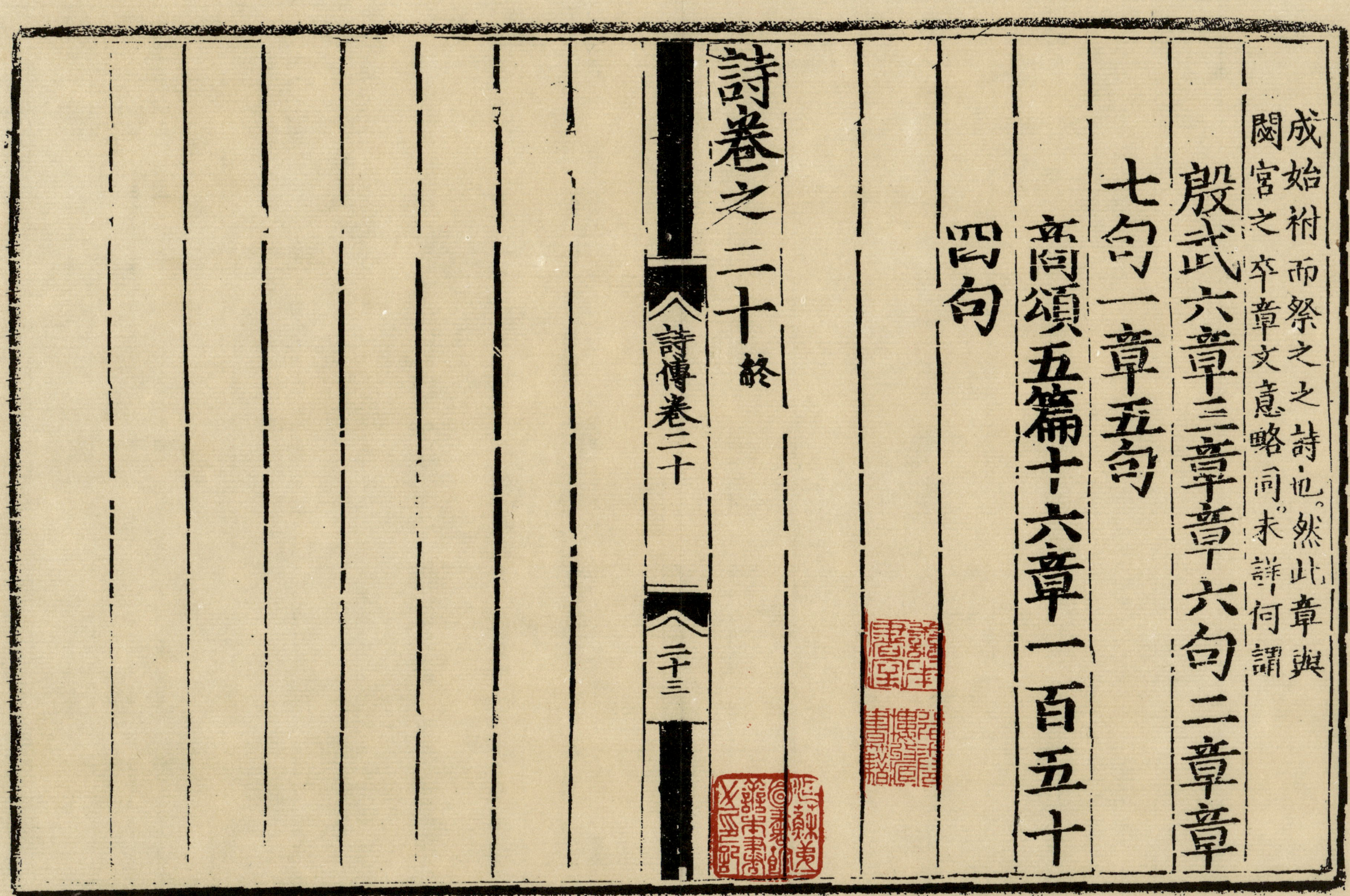

商頌五篇十六章一百五十四句

詩卷之二十終